O DISCURSO VAZIO

MARIO LEVRERO

O discurso vazio

Tradução
Antônio Xerxenesky

Copyright © 1996 by Alicia Hoppe Quintana, herdeira de Mario Levrero.
Em acordo com Agencia Literaria CBQ SL.

*Grafia atualizada segundo o Acordo Ortográfico da Língua Portuguesa de 1990,
que entrou em vigor no Brasil em 2009.*

Título original
El discurso vacío

Capa
Elaine Ramos

Imagem de capa
Sem título, de León Ferrari, 1964. Técnica chinesa
sobre papel, caligrafia, 47 × 30 cm.

Preparação
Silvia Massimini Felix

Revisão
Renata Lopes Del Nero
Luís Eduardo Gonçalves

Dados Internacionais de Catalogação na Publicação (CIP)
(Câmara Brasileira do Livro, SP, Brasil)

Levrero, Mario, 1940-2004.
  O discurso vazio / Mario Levrero ; tradução Antônio Xerxenesky. — 1ª ed. — São Paulo : Companhia das Letras, 2025.

  Título original: El discurso vacío
  ISBN 978-85-359-4012-1

  1. Romance espanhol I. Título.

24-232675   CDD-863

Índice para catálogo sistemático:
1. Romances : Literatura espanhola 863

Cibele Maria Dias – Bibliotecária – CRB-8/9427

Todos os direitos desta edição reservados à
EDITORA SCHWARCZ S.A.
Rua Bandeira Paulista, 702, cj. 32
04532-002 — São Paulo — SP
Telefone: (11) 3707-3500
www.companhiadasletras.com.br
www.blogdacompanhia.com.br
facebook.com/companhiadasletras
instagram.com/companhiadasletras
x.com/cialetras

O DISCURSO VAZIO

O texto

O discurso vazio é um romance montado a partir de duas vertentes ou grupos de textos: um deles, intitulado "Exercícios", é um conjunto de exercícios caligráficos breves, escritos sem outro propósito; o outro, intitulado "O discurso vazio", é um texto unitário de intenção mais "literária".

O romance, na sua forma atual, foi construído de maneira similar à de um diário íntimo. Aos "Exercícios", ordenados de maneira cronológica, fui acrescentando os trechos de "O discurso vazio" correspondentes a cada data, ainda que conservasse, por meio de subtítulos, a separação entre um texto e outro. Essa solução foi sugerida por Eduardo Abel Giménez, para substituir a anterior, baseada em variações tipográficas pouco confiáveis.

Em um trabalho posterior de correção, eliminei trechos e até alguns "Exercícios" na íntegra, às vezes como proteção da minha intimidade ou da de outras pessoas, e sempre a favor de uma leitura menos tediosa. Acrescentei um ou outro parágrafo e algumas frases para explicar o sentido de certas referências. Exceto por essas pequenas operações cirúrgicas, o texto é fiel aos originais.

M. L.
Colônia, maio de 1993

Este livro, assim como seu conteúdo, existe graças à minha mulher, Alicia, e ao seu mundo. Embora seja redundante, devo destacar que este romance é dedicado a Alicia, a Juan Ignacio e ao cachorro Pongo, ou seja, à minha família.

M. L.
Montevidéu, outubro de 1996

Prólogo

22 DE DEZEMBRO DE 1989

Aquele que existe em mim, que não sou eu, e que busco.
Aquele que existe em mim, e que às vezes penso que
também sou eu, e não encontro.
Aquele que aparece porque sim, brilha por um instante e logo
vai embora por anos
e anos.
Aquele que eu também esqueço.
Aquele
próximo ao amor, que não é exatamente amor,
que poderia se confundir com a liberdade,
com a verdade
com a identidade absoluta do ser
— e que não pode, apesar disso, ser contido em palavras
pensado em conceitos
não pode sequer ser lembrado como é.
É o que é, e não é meu, e às vezes está em mim

(pouquíssimas vezes); e, quando está,
lembra-se de si mesmo
eu o lembro e o penso e o conheço.
É inútil procurá-lo; quanto mais o procuro
mais distante parece, mais se esconde.
É preciso esquecê-lo por completo,
chegar quase ao suicídio
(porque sem ele a vida não vale)
(porque os que não conheceram aquilo acham que a vida não vale)
(por isso o mundo geme quando gira).

Este é meu mal e minha razão de ser.

Vi Deus
atravessar o olhar de uma puta
me fazer sinais com as antenas de uma formiga
transformar-se em vinho em um ramo de uvas esquecido na
[parreira
me visitar em um sonho com o aspecto repulsivo de uma lesma
[gigantesca;
vi Deus em um raio de sol que animava obliquamente a tarde;
no blusão violeta da minha amante após uma tempestade;
na luz vermelha de um semáforo
em uma abelha que saboreava obstinadamente uma florzinha
miserável, suja e pisoteada, na praça do Congresso;
vi Deus inclusive em uma igreja.

11 DE MARÇO DE 1990

Sonhei que era fotógrafo e andava de um lado para outro com entusiasmo, carregando uma câmera. Estava em um lugar amplo, uma espécie de armazém ou depósito, embora também pudesse ser o saguão de um grande hotel, e procurava o ângulo propício para montar a fotografia de duas lésbicas de tal modo que, embora uma estivesse muito distante da outra, dentro do amplo local, e também em uma altura diferente (talvez do alto de uma escada), eu fazia com que seus lábios coincidissem, sugerindo um beijo. Ambas tinham os lábios pintados de um vermelho intenso. A mais próxima da câmera estava de perfil; a outra, no alto, de frente.

Depois, acho-me sobre um ônibus imenso, de dois andares; estou no teto, ou em um lugar descoberto na parte superior. Vou tirando fotos, ou filmando, cenas de uma grande cidade. De repente há uma comoção, algo que acontece à distância, como ondas que saltam por cima de arranha-céus. Me dizem que é o fim do mundo. Fotografo todo esse caos, impreciso e ainda distante, com prazer, com excitação. Acordo com taquicardia.

Volto a dormir, alguém conta uma história (e eu enxergo a história), ou melhor, vejo um filme, embora de modo algum esteja participando da ação, na qual um coelho de pelo castanho se encontra sepultado pela neve e cava túneis debaixo da neve, movendo-se com rapidez de um lado para o outro. Fico preocupado que possa bater em algo, uma árvore ou uma pedra, pois anda às cegas; mas logo descubro que aprendeu a se comunicar, através de um sistema que era explicado em detalhes no sonho, com uma pomba que voava por cima da sua cabeça, e por cima da neve, e o guiava no trajeto.

PRIMEIRA PARTE

Exercícios

10 DE SETEMBRO DE 1990

Hoje começo minha autoterapia grafológica. Esse método (que foi sugerido há um tempo por um amigo louco) parte da base — na qual a grafologia é fundada — de uma profunda relação entre a letra e os traços de caráter, e da suposição comportamentalista de que as mudanças de comportamento podem produzir alterações em nível psíquico. Mudando, então, a conduta observada na escrita, pensa-se que é possível chegar a uma modificação em outras coisas na pessoa.

Meus objetivos nessa fase da tentativa terapêutica são mais modestos. Em uma primeira instância, pretendo exercitar a escrita manual — sem planos de alcançar a caligrafia —; buscar pelo menos obter uma escrita legível, de qualquer maneira, até por mim, pois estou escrevendo tão mal que às vezes nem eu mesmo consigo decifrar minha letra.

Outro objetivo imediato é tentar manter uma letra maior, mais confortável, em vez desses caracteres quase microscópicos que venho utilizando nos últimos anos. E outro objetivo, mais ambicioso que o anterior, é o de <u>unificar</u> o tipo de letra, já que desenvolvi um estilo que mistura de maneira arbitrária a cursiva e a letra de fôrma. Buscarei recordar a forma de cada letra cursiva, mais ou menos conforme me ensinaram na escola. Buscarei conseguir um tipo de escrita contínua, "sem levantar o lápis" no meio das palavras, e assim acho que posso melhorar a atenção e a continuidade do meu pensamento, que hoje são bastante dispersas.

11 DE SETEMBRO

Segundo dia de terapia grafológica. Ontem, tive uma grata surpresa quando dei para Alicia ler a folha que eu tinha escrito, e ela o fez sem dificuldades. Agora estou me esforçando para conseguir três coisas: 1) manter o tamanho de letra apropriado; 2) recuperar a <u>verdadeira</u> letra cursiva, sem as misturas habituais com a letra de fôrma; 3) buscar não levantar o lápis, ou seja, pôr os pingos nos is, os acentos e os palitos dos tês etc., depois de terminar de escrever <u>toda</u> a palavra. Essa última parte talvez seja a mais difícil, embora a letra cursiva "pura" também tenha suas chatices.

À primeira vista, olhando o que escrevi hoje, até agora, e comparando com ontem, houve progressos. Hoje, contudo, a letra — apesar de maior e mais legível — demonstra certo nervosismo; na verdade, estou escrevendo mais rápido que ontem. Mas noto também que as letras estão mais "desgrudadas", mais espaçadas dentro de cada palavra, menos pegajosas que antes. Como se cada letra tivesse recuperado sua individualidade. Em resumo, esse trabalho de hoje, e a constatação de um progresso em relação a ontem, me parece muito satisfatório. Sei que ainda estou distante de atingir meus objetivos, inclusive os mais primários; sei que ainda não recuperei o conhecimento de como se escrevem algumas letras maiúsculas e algumas minúsculas. Mas tudo será alcançado com o tempo.

24 DE SETEMBRO

Retomo minha terapia grafológica depois de uma longa interrupção devida ao derrame cerebral da minha mãe, que me levou para longe de casa. Com certeza, durante esse período senti muita falta dessa disciplina diária que, apesar de recém-iniciada, já tinha se mostrado um hábito bastante positivo, além de prazeroso, e ajudava de maneira nada desprezível a centrar meu *eu* e a me preparar para uma jornada de maior ordem, vontade e equilíbrio.

Nesses momentos, vem uma interrupção estrangeira, na forma de uma senhora pequena e nervosa, que me liga com a voz desafinada denotando inequívocos sinais de impaciência; apesar disso, tento não perder o ritmo lento, pausado, meditado, da minha escrita, pois tenho certeza de que esse exercício cotidiano contribuirá para a melhoria da minha saúde e do meu caráter, mudará em boa medida uma série de comportamentos negativos e me catapultará prazerosamente a uma vida plena de felicidade, alegria, dinheiro, sucesso com as mulheres e outros jogos de tabuleiro. Sem mais considerações, despeço-me de mim mesmo, até amanhã, no mesmo horário ou, se possível, antes.

25 DE SETEMBRO

Prossegue minha terapia grafológica. Ontem, a pessoa que em geral revisa essas páginas comentou que a letra tinha ficado um tanto menos legível depois da pausa extensa. Penso que isso se deva a pelo menos dois fatores: primeiro, naturalmente, à falta de exercício; segundo, interessante de analisar, ao fato de que, diferente do que acontecia com a primeira leva, ontem era mais recompensador dizer algo e o modo de dizê-lo (literatura, afinal) do que o exercício caligráfico puro.

Bom. Mais uma vez estou me desviando e prestando pouca atenção na letra e muita no conteúdo, o que é antiterapêutico, pelo menos para esse contexto terapêutico que escolhi. Não tenho dúvidas de que, em outro contexto terapêutico, o desvio mencionado seria desejável e positivo; mas não devo misturar os planos de trabalho e devo me ater ao que me propus, ou seja, uma espécie de escrita insubstancial, mas legível.

Acho que hoje minha letra está mais clara que ontem. Vamos ver o que opina a pessoa que costuma controlar esses trabalhos.

26 DE SETEMBRO

Hoje também faço minha prática. Percebe-se já nos primeiros traços que estou para baixo, desanimado; não desejo empregar a força de vontade. Talvez esteja incubando algum vírus, contagiado por Juan Ignacio ou pelo cachorro Pongo, que também está desanimado hoje. É possível, também, que algo no clima perturbe a nós todos. E também é possível, e o mais provável, que meu estado seja a consequência de um sonho desta madrugada — montões de ratos mortos, com sangue, podres; e minha avó. O sonho deve ser a consequência dos fatos que vivi alguns dias atrás (de 12 a 21 deste mês): a figura da minha avó, no sonho, deve corresponder na verdade à da minha mãe, já que muitas vezes, durante o período em que estive próximo dela nesses dias, me vi pensando tanto nela como na minha avó, de tão parecida que minha mãe ficou com a sua ao envelhecer; e mais, acho que em pouquíssimos momentos desses dias tive a consciência de estar perto da minha mãe; sentia, com essa convicção profunda e espontânea que provém do íntimo do ser, que ela era minha avó.

No sonho de ontem à noite, minha avó morava na mesma casa que eu ocupava naquele momento, como de passagem por um lugar estranho, talvez um balneário. No meu quarto, apareciam montões de ratos mortos, e logo eu os via também em outros lugares da casa, sobretudo na cozinha. Eu mencionava algo sobre "falar com a prefeitura ou a polícia", e o que me refreava era o horário tão tarde e, acima de tudo, a aceitação, por parte da minha avó, que tomava como algo normal essa situação que para mim era extraordinária.

27 DE SETEMBRO

É necessário ter muita paciência e prestar grande atenção; buscar, na medida do possível, desenhar letra por letra, desligando-se dos significados das palavras que vão se formando — o que é uma operação quase oposta à da literatura (em especial porque é preciso frear o pensamento, que sempre — acostumado à máquina de escrever — procura se adiantar, proporcionar novas ideias, estabelecer novas relações de ideias e imagens, preocupado — talvez, deformação profissional — com a continuidade e a coerência do discurso).

Devo, pois, começar a me limitar a frases simples, embora soem vazias ou insubstanciais; se começo a prestar atenção no conteúdo, perco de vista a essência desse trabalho terapêutico, o desenho de cada uma das letras.

Nesse momento, Juan Ignacio está incomodando, tentando chamar a atenção da sua mãe, que excepcionalmente se permitiu um descanso e está vendo um filme que recomendei no videocassete. É notável como Ignacio foi educado para não tolerar o ócio ou a diversão, ou até mesmo a doença da sua mãe; nessas ocasiões, torna-se mais exigente que de costume, e adquire um mau humor e um ar de chateação insuportáveis. Em casa, no funcionamento da casa, há um equilíbrio maléfico, produto de uma série de hábitos ou modos de comportamento muito equivocados, que foram se instalando "por acaso e necessidade"; e a simples ideia de modificar algum desses modos produz um desassossego, um mal-estar, ou até mesmo uma crise em qualquer um dos integrantes primitivos do grupo familiar.

28 DE SETEMBRO

Deveria pegar uma série de frases para tornar "planas", como as que eu usava para aprender a datilografar à máquina: "o brinco brilha", "o frasco francês", "o pé do Pedro é preto", "o rato roeu a roupa". Mas esse tipo de trabalho monótono me entedia; prefiro avançar com mais lentidão, ou seja, avançando e retrocedendo, deixando que com frequência a letra encolha ou se deforme ao fazer a mão correr loucamente procurando alcançar o pensamento. Porque não tolero os trabalhos rotineiros, repetitivos e, pelo menos no que se refere à escrita — já que não à vida —, fico encantado pelas experiências que têm algo de novidade, de imprevisto e aventureiro — como por exemplo o trabalho de pesquisa que estou fazendo em um computador cujo manual está incompleto.

Há poucos dias, e depois de muitas horas e dias de trabalho e pesquisa, e de vários fracassos estrondosos (literalmente estrondosos), consegui tirar sons da máquina, e logo o fiz com mais segurança, <u>sabendo</u> o que fazia, até que ontem, enfim, pude fazer música (uma musiquinha pobre e rudimentar, mas música afinal). Tudo isso sem que constasse uma só palavra no manual a respeito do som. Consegui isso graças a um programa que estava em Basic e que consegui "abrir" e "listar", e que continha alguns segundos de música. O trabalho mais difícil foi desentranhar o enorme programa, localizar nele um pequeno fragmento que se referia à música, e desentranhar o significado de uma longa série de frases encabeçadas por palavras misteriosas.

29 DE SETEMBRO

Hoje não tive a oportunidade de fazer estes exercícios (como todo exercício, o ideal é que seja diário) na hora de sempre, ao meio-dia — a rigor, a primeira atividade do dia depois do café da manhã —, portanto na verdade os estou fazendo no dia 30, às três da manhã. Seria compreensível, creio, que os resultados não fossem tão bons quanto o desejado. Eu os estou fazendo a essa hora porque, depois de encerrados os compromissos que me impediram de fazê-los como de costume, eu me esqueci, e fui trabalhar no computador, dando continuidade à minha pesquisa do som. Por fim consegui uma série interessante de gorjeios, como os dos pássaros, que gravei, embora ainda não tenha muita certeza de como os obtive. Anteriormente, e através de um método similar ou igual, pois não me lembro bem quais foram os passos exatos, consegui um som de violão ou bandolim; isso não gravei e perdi, pelo menos por ora.

Ainda não está muito claro para mim como se forma o som; sei como se gera som, mas não um som específico, já que intervêm três valores na formação — ou quatro, se contarmos o valor de duração. O mais desconcertante é que a variação de um desses valores produz, às vezes, os mesmos efeitos que a variação de outro desses valores. Investiga-se; continua-se investigando. Por ora, tenho gorjeios.

30 DE SETEMBRO

Hoje começo um pouco mais cedo que ontem: 22h25. Mas noto que a letra está saindo pequena demais. Vejamos: um pequeno esforço de aumento. Agora está melhor. Cuidado para não encolher. Bom. Agora, prestar atenção no desenho de cada letra. Desenho de cada letra. Sem pressa. Mas como diabos se escreve o S maiúsculo? S. L. §. &. Impossível. Não consigo me lembrar. A B C D E F G H I J K L M N Ñ O P Q R S T U V W X Y Z. Enfim; não me lembro do K nem do S, e não tenho muita certeza do Q. (Chegou minha mulher para incomodar. Tem muito ciúmes da minha solidão; é impossível que eu me concentre em algo que não seja ela, que ela não tente, de alguma maneira, me desconcentrar, me fazer perder o fio, o clima, esparramar meus sucos cerebrais para todos os lados. Na minha experiência, trata-se de uma lei geral. Também é assim na experiência de alguns homens que conheço. Mas é algo que não consigo compreender bem e que me atrapalha bastante a vida. Na verdade, estes exercícios que estou fazendo para afirmar meu caráter são um substituto estúpido para a literatura. Pensava que poderia escrever uma folhinha como essa todo dia sem problemas — mas não quando minha mulher está em casa.)

1º DE OUTUBRO

Vamos adiante, então, com a terapia grafológica. Devo confessar que já percebi alguns resultados psíquicos positivos, ou pelo menos é o que acho; todos relacionados com a autoafirmação em diferentes aspectos. De toda maneira, ainda que essa crença seja errônea, é útil para mim (na verdade, não conheço nenhuma crença autêntica, ou seja, coerente com a realidade, que produza resultados práticos interessantes. Ainda que toda crença seja falsa, ou seja, incoerente com a realidade dos acontecimentos, no sentido de que uma crença é algo limitador, pobre, incapaz de abarcar toda a rica variedade e dimensionalidade do universo; mas justo por ser limitadora, e desde que não seja absurdamente delirante — e, às vezes, apesar de o ser —, a crença gera um efeito muito eficaz, concentrado, em toda ação. De modo que para triunfar na vida é preciso acreditar em algo, ou seja, estar, por definição, equivocado).

Deixemos assim. Acho que isso me faz bem, me afirma. Por isso me alegro e extraio novas forças para continuar lutando pela minha recuperação, que parece tão distante e difícil, se não impossível de alcançar. É claro, avançaria muito mais rápido se não encontrasse oposições taxativas em certos núcleos do mundo exterior; sei bem que cada passo que dou em direção a me afirmar é severamente castigado de fora. Porém, continuo lutando e triunfarei.

2 DE OUTUBRO

Continuo me preocupando com o problema da fabricação de som no computador. É um problema duplo. Por um lado, não compreendo por completo a função de cada um dos três valores que intervêm na produção de cada som; por outro, mesmo dominando a seleção de notas, não consigo fazer uma verdadeira música com elas, nem sequer uma melodia bem simples. Também não controlo os ritmos, nem do ponto de vista da técnica do computador nem do ponto de vista musical.

3 DE OUTUBRO

Hoje é um dia de desânimo. Alicia não está se sentindo bem, algo compreensível, já que a empregada doméstica anunciou de repente que hoje era seu último dia de trabalho aqui em casa, pois conseguira um emprego em um escritório onde passa a ganhar, de início, quase duas vezes e meia a mais do que ganhava aqui. Isso é uma verdadeira tragédia para nós, similar à morte de um parente ou de um amigo íntimo. Enfim, espero que o tempo, que sabe cobrir tudo com uma capa de esquecimento, pouco a pouco lime a dor dessa enorme perda, ainda que se saiba bem que não há ninguém neste mundo, nascida mulher, que possa ser comparada à boa, eficaz, submissa, taciturna e inefável Antonieta.

4 DE OUTUBRO

Mau dia para exercícios caligráficos — e para muitas outras coisas. Está chovendo (o que acho agradável, mas me predispõe ainda mais para o ócio ou o sono), ontem (hoje) me deitei depois das cinco da manhã, e às dez e meia fui acordado por um carro com alto-falante que vociferou muito tempo perto de casa a promoção estúpida e grosseira de uma rifa, em um número de decibéis intolerável, e mais tarde, sem que eu pudesse retomar o sono profundo — estava em uma espécie de cochilo —, fui acordado definitivamente ao meio-dia e meia por Juan Ignacio e sua avó, que gritavam chamando o cachorro. Por todos esses motivos, estou com os olhos ardendo e pouquíssima força de vontade. Noto ainda assim que, apesar de certas transgressões, minha letra está grande e clara.

6 DE OUTUBRO

É apropriado e positivo ter um ritual como esse de escrever todos os dias como primeira atividade. Tem algo do espírito religioso que é tão necessário à vida e que, por distintos motivos, fui perdendo cada vez mais com os anos, acompanhando a Humanidade nesse processo. Eu me incomodo de ser tão influenciável e dependente de uma sociedade com a qual não compartilho a maior parte das opiniões, das motivações, dos objetivos e das crenças. Mas uma pessoa quase não tem significado como um ser isolado, por mais que tenha se fortalecido como indivíduo e por mais que professe um acentuado individualismo. A verdade é que não somos nada além de um ponto de cruzamento entre fios que nos transcendem, que vêm sabe-se lá de onde e vão sabe-se lá para onde, e que incluem todos os demais indivíduos. Até mesmo essa linguagem que estou utilizando não me pertence; não a inventei, e, se a tivesse inventado, não seria útil para me comunicar.

Essa divagação trivial foi interrompida por Juan Ignacio (que agora se aproximou e viu seu nome escrito e quer saber do que se trata). (Escrevo, então: "Juan Ignacio é bobo".)

13 DE OUTUBRO

Sou um cara ruim. Faz vários dias que não realizo minhas tarefas. Também faz muitos dias que não tomo banho. Estou cheirando bem mal.

Tudo começou com o desaparecimento de Antonieta. Nossa casa não voltou a ser a mesma. Não que antes fosse grande coisa, mas agora está muito pior. Não consigo entender por que isso acontece. Tive, em certas épocas da minha vida, uma empregada doméstica, e suas ausências não foram tão perturbadoras. Vinham uma ou duas vezes por semana e acabavam o trabalho em duas ou três horas. Minha casa estava razoavelmente limpa, talvez pelo fato de eu ser uma pessoa organizada. Na cozinha, pratos sem lavar iam se acumulando, mas quando começavam a me incomodar, eu arregaçava as mangas e lavava. A cama permanecia desarrumada, mas eu também não a bagunçava demais para dormir, e à noite bastava esticar um pouco os lençóis e cobertores. Não vejo qual é o drama de uma cama desarrumada ou de pratos sujos. Mas, nesta casa, o que importa não é meu critério ("O sábado foi feito para o homem, e não o homem para o sábado"), e sim o fato de que vivo em uma rígida estrutura determinada pela Limpeza, que passa a ser um valor situado acima das Pessoas e da Vida.

16 DE OUTUBRO

Ontem consegui escrever só três linhas e meia desses exercícios; depois fui interrompido e não consegui mais continuar. Eu tinha justamente começado a escrever acerca das interrupções, ou melhor: da necessidade imperiosa de conseguir uma continuidade nas minhas atividades, uma ordem, uma disciplina — porque a dispersão e a inanidade dos meus dias são esmagadoras, deletérias, levam à perda de identidade e tiram o significado da existência.

Não que eu me defina pela minha atividade, nem sou uma dessas pessoas que não sabem viver sem estar fazendo algo, ou que são capazes de se entediar. Não; quando falo de continuidade nas minhas atividades, poderia falar o mesmo da continuidade do meu ócio. O importante é a continuidade em si mesma; o perigo psíquico provém da fragmentação, pelo menos no meu caso particular, e nessa etapa da minha vida.

O agente sinistro não é a interrupção nem a mudança de atividade, e sim a interrupção abrupta, a mudança de atividade não desejada — quando não tive a oportunidade de completar um processo psíquico, seja na atividade ou no ócio.

Outro fator deletério é o acúmulo de coisas para fazer que, por causa das interrupções, nunca encontram seu momento. Assim, os dias e as semanas e os meses vão se passando, e o que não foi realizado se amontoa e pressiona, e não encontro maneira de resolver isso, a menos que, como no caso das minhas entregas mensais de palavras cruzadas, aquilo se torne urgente. Vivo de urgência em urgência.

17 DE OUTUBRO

Descobri que o sistema de interrupções que governa esta casa se origina do fato de que Alicia é um ser fractal (ver Mandelbrot), com um padrão fractal de comportamento. E como ela determina o curso dos acontecimentos na família, todo o nosso percurso é fractal, e só pode evoluir de maneira fractal, como um floco de neve.

A fractalidade psíquica deve vir, sem dúvida, de alguma fratura psíquica. Acho que esses fenômenos não foram estudados como deveriam. Por enquanto, eu poderia formular uma espécie de lei para o comportamento geral desta família na qual estou imerso: "Todo impulso em direção a um objetivo será desviado imediatamente para outro, e assim por diante, e o impulso rumo ao objetivo inicial poderá ou não ser retomado".

25 DE OUTUBRO

Hoje transgredi meu propósito de uma mudança rumo a uma vida mais sã, com menos atividades em coisas como leitura e computador, justo por um impulso irresistível de usar o computador. Sempre tenho em mente alguma ideia para pôr em prática ou alguma curiosidade que precisa ser imperiosamente investigada. Acho que o computador substitui o que um dia foi meu Inconsciente como campo de investigação. No meu Inconsciente, cheguei a investigar o mais longe que pude, e o subproduto disso é a literatura que escrevi (embora, ao mesmo tempo, a literatura também atuasse como instrumento de investigação, pelo menos em certas instâncias).

E a verdade é que o mundo do computador é muito parecido com o do Inconsciente, com vários elementos ocultos e uma linguagem a ser desentranhada. É provável que eu sinta que minhas possibilidades de investigação do Inconsciente estão esgotadas, enquanto, por outro lado, com o computador há riscos muito menores, ou de outro tipo.

O mais curioso é o valor que atribuo à investigação de algo que, definitivamente, não representa nenhuma utilidade para mim. Ainda assim, reconheço perceber um valor imenso, como se na máquina se ocultassem chaves de importância vital (outra vez me distraí com o tema e não prestei atenção ao desenho nem ao tamanho da letra).

26 DE OUTUBRO

Nestes dias, a primavera eclodiu, ou melhor, afirmou-se com contundência por todos os lados. Nosso jardim se encheu de plantas que não plantamos, que aparecem aqui e acolá como se por iniciativa própria, ou por inspiração do terreno, e que dia a dia se desenvolvem velozes, tomam posse, crescem. Há uma proliferação de insetos e uma atividade febril das formigas. Pelas ruas, se veem garotas também florescentes, com peitos que parecem despertar e empurrar com força os tecidos finos que só os disfarçam, e nos olhares há atrevimento, prazer de existir, presença de vida.

Minha primavera pessoal consiste fundamentalmente na tomada de altas doses de psicofármacos, para tentar (em vão) controlar a ansiedade natural que corre pelas minhas veias. Nessa casa, todas as estações são iguais, igualmente depressivas por serem opressivas. Há um grande relógio oculto que marca o mesmo tempo para todos os dias, todos os meses, todos os anos; um relógio que marca o ritmo do sangue nas veias, das palpitações do coração, dos desejos proibidos e, às vezes — se o relógio dispõe disso —, permitidos a conta-gotas. A Vida, com sua própria lógica, seus próprios desejos e necessidades, transcorre em algum lugar que não aqui. Transcorre aqui a solidão improdutiva do preso, o frio interior que o verão não dissipará. O tempo não corre junto conosco, e nós também não sabemos brincar com o tempo; o tempo é apenas um assassino, lento mas garantido, que nos olha com um toque de escárnio por baixo da sua foice, e nos permite ir aproveitando em parcelas cômodas esse frio que está nos esperando no túmulo que leva nosso nome.

27 DE OUTUBRO

Hoje vou tentar me desviar de temas interessantes para avançar no desenho das letras — que esqueci quase por completo. O que posso escrever que não seja muito interessante a ponto de me distrair do meu propósito, e ao mesmo tempo não seja tão entediante que eu abandone o trabalho pela metade, entre grandes bocejos?

(Juan Ignacio apareceu para me interromper. Nesta casa não faltam interrupções, como acredito ter apontado em alguma oportunidade. Pergunta pela mãe. Digo que não está.) (Mas não vou entrar no tema das interrupções, embora neste momento alguém esteja tocando a campainha da porta da rua.) (Entra Ignacio para perguntar outra vez pela mãe, nesse caso em nome do senhor que tocou a campainha, como se minha resposta pudesse ser diferente agora: "Não está".) (Mas, como dizia, não vou entrar no tema das interrupções porque, como é algo que me afeta diretamente e é a causa principal do meu lamentável estado psíquico, é um tema interessante, e eu tinha me proposto, no início deste trabalho, evitar os temas interessantes, embora também os temas pouco interessantes conspirem contra o bom traçado da minha letra, claro que por um motivo diferente.)

28 DE OUTUBRO

Prossigo, tentando desenvolver temas pouco interessantes, inaugurando talvez uma nova época da monotonia como corrente literária. Hoje comecei, faz duas linhas, com uma letra <u>muito</u> grande, e que se reduziu bastante na segunda linha. Por quê? Porque passei a prestar atenção na forma de continuar a frase que havia começado, querendo evitar incoerências. E a conclusão é que, limitada do jeito que é, minha atenção não pode se ocupar de duas coisas diferentes. Aqui o prioritário é a letra, não o estilo, de modo que as incoerências estão permitidas. Afrouxe a tensão, rapaz, e dedique-se à laboriosa tarefa de desenho. Não é fácil se esquecer da necessidade de coerência. Embora, no fim, a coerência não passe de uma convenção social complexa. Suspeito que a frase anterior seja uma grande mentira, mas agora não tenho o direito de analisar essas coisas. Outras coisas, tampouco. Devo caligrafar. Trata-se disso. Devo permitir que meu eu seja engrandecido pelo influxo mágico da grafologia. Letra grande, eu grande. Letra pequena, eu pequeno. Letra linda, eu lindo.

2 DE NOVEMBRO

Há vários dias não realizo estes exercícios grafológicos, mas por bons motivos, já que — seja pelas circunstâncias, seja por um resultado eficaz desses exercícios — andei bastante dividido entre atividades diferentes. A mais importante de todas, pelo menos a meu ver, é a tarefa quase subterrânea, meio onírica, meio desperta, da tentativa de fazer ressurgir minha capacidade imaginativa e, por consequência, minha literatura. Em termos práticos, isso se reduziu à revisão final de um conto escrito faz uns anos, colocá-lo em um envelope e enviá-lo para ver se o publicam em algum lugar. Também estive muito ocupado no que diz respeito a relações internacionais, e me atualizei com correspondentes no estrangeiro, o que implicou a tarefa nada fácil (em Colônia) de conseguir boas fotocópias. O que se resolveria em poucas horas em um lugar civilizado, aqui exigiu três dias.

Acho que não está saindo uma boa letra, e escrevo com muita ansiedade. Ainda assim, é uma letra que me parece inteligível, e na qual foram se incorporando com naturalidade os traços que me esforcei em praticar; outros, ainda não. Por isso, devo continuar com a escrita lenta e com os temas pouco interessantes, de modo a seguir incorporando, com paciência e através da reiteração, esses traços que considero essenciais para que minha letra volte a ser totalmente legível e para que, de forma paralela, também se incorporem ao meu comportamento os traços que a letra delataria diante de um exame grafológico, para que fosse como eu pensei querer que fosse, de modo a poder afirmar que "sou o artífice do meu destino"; é uma pretensão talvez excessiva, mas penso que às vezes não há problema em mirar bem alto, sobretudo em um meio em que se é levado a mirar baixo, e onde a mediocridade é um dos méritos mais celebrados.

13 DE NOVEMBRO

Você saberá (e escrevo "Você" porque precisava praticar o V maiúsculo) que comprovei a eficácia destes exercícios para acalmar a mente e prepará-la para a jornada; por isso, é uma falha grave começar o dia com outro tipo de tarefa (como por exemplo as aniquiladoras palavras cruzadas) e deixar este exercício saudável para um momento posterior, que às vezes não chega, ou só chega tarde demais.

Em certo momento, e não faz muito tempo, o exercício caligráfico diário esteve a ponto de se tornar um exercício literário. Tive a forte tentação de transformar minha prosa caligráfica em uma prosa narrativa, com a ideia de ir fabricando uma série de textos como degraus de uma escada que me elevasse de novo às desejadas alturas que eu soubera frequentar muito tempo atrás. Mas o Tentador sempre dá as caras, sempre está à espreita, espiando o coração do Homem, e escolheu esse momento para me tentar com a possibilidade de um trabalho (temporário) que me permitiria me dar uma certa soma de dinheiro, necessária para ficar em dia, para não ter dívidas e possuir uma certa quantidade de dinheiro, tranquilizadora, no bolso. Então acabei aceitando esse trabalho, e minha determinação de escrever foi para os infernos e, por uns dias, estes exercícios também. Agora, ao retomá-los, volta o desejo de escrever. Quero escrever e publicar. Tenho necessidade de ver meu nome, meu verdadeiro nome e não o que me deram, em letras de fôrma. Mais que isso, muito mais, quero entrar em contato comigo mesmo, com o maravilhoso ser que me habita e é capaz, entre muitos outros prodígios, de fabular histórias ou historietas interessantes. Essa é a questão. Essa é a chave. Recuperar o contato com o ser íntimo, com o ser que participa de algum modo secreto da faísca divina que percorre infatigavelmente o Universo e o anima, sustenta-o, confere-lhe realidade sob seu aspecto de casca vazia.

15 DE NOVEMBRO

Tratemos, mediante este exercício, de acalmar a mente para a jornada (que se mostra difícil, embora essas previsões não digam muito: ontem, por exemplo, tudo parecia maravilhoso e daí os vizinhos me avisam que Ignacio estava vindo para casa, porque passou mal na escola. Isso apagou em um só movimento minha tranquilidade do resto do dia de ontem, e também do de hoje, que estava destinado à minha absoluta e prazerosa solidão, pois a escola havia planejado uma excursão. De modo que agora Ignacio — que se sente muito bem — está em casa, na cama por falta de vontade e decisão própria, me chamando de quando em quando para me manter sob seu controle e fazer com que eu sinta seu poder, tendo de obedecê-lo — pois sua mãe está em Caracas — com a solicitude culpável que se deve a um enfermo).

20 DE NOVEMBRO

Vejamos se hoje consigo recuperar o equilíbrio necessário para desenhar convenientemente as letras. Hoje acordei com uma sensação marcada de desgosto comigo mesmo. Isso tem a ver, conforme pude perceber, com o fato de que já faz muito tempo — muitos anos — que vivo fora de mim, me ocupando de coisas que acontecem <u>fora</u> de maneira exclusiva. E, de todo modo, quando em algumas oportunidades consegui levar meu olhar para dentro, não me conectei com as partes mais substanciais de mim mesmo, e sim com aspectos mais triviais, "subconscientes". Que fim levou minha alma? Por onde será que anda? Um tempo atrás, eu dizia a Alicia que me sentia mal porque há muito tempo não me conecto com a eternidade. Isso quer dizer que percebo as coisas de modo superficial, que não tenho vivências, que estou afastado do Ser Interior; muito afastado, e sem ter a menor noção dos caminhos possíveis para me aproximar. Não importa o que se está vivendo quando uma pessoa está apartada de Si Mesma; tudo fica igualmente sem peso, tudo transcorre sem deixar nenhuma marca memorável.

A causa de tudo não está, como muitas vezes tendo a crer, nas demandas do mundo exterior, e sim no meu apego, ou meu compromisso, com essas demandas.

Devo seguir pensando nisso.

21 DE NOVEMBRO

Já que recebi críticas justas à minha letra dos últimos dias, hoje tento dar meu melhor para obter uma letra elegante, esbelta, grande e legível. Há algo no clima de Colônia que é verdadeiramente maligno e desorganiza o sistema nervoso. Hoje me levantei cedo e saí antes do meio-dia para fazer umas tarefas e (menciono isso por causa da letra "esbelta") senti o corpo como monstruoso e desorganizado, como se eu tivesse me transformado em uma espécie de sapo com a barriga horrivelmente inchada, movimentando-se de forma trabalhosa com suas patas curtas e grossas, apesar de fracas. Caminhar três ou quatro quadras nesse clima tempestuoso e nessa cidade é uma tarefa de ciclopes. O desespero gruda na pele, como o calor pegajoso. Não dá para pensar em outra coisa além de encontrar algum lugar escuro e fresco para se jogar ali e deixar a vida passar. Como diz Juan Ignacio, "é uma luta".

Mas não estou dando o meu melhor na letra; eu me distraio com os assuntos e esqueço do desenho. Não posso cuidar de ambas as coisas ao mesmo tempo. Agora sim, estou pensando exclusivamente nas palavras que desenho. De modo que não tentarei fazer outra coisa além de desenhar. Nada de deixar pensamentos alheios entrarem no meio do desenho da letra. É entediante. Não faço ideia do que escrever, assim como a pessoa não tem ideia do que dizer quando põem um microfone na sua frente e pedem que fale qualquer coisa. Parece que a função de escrever ou falar depende por completo dos significados, do pensar, e não se pode pensar conscientemente o próprio pensar; da mesma maneira, não se pode escrever por escrever ou falar por falar, sem significados.

22 DE NOVEMBRO

Ontem pude notar que os dias nos quais a letra fica desajeitada coincidem com um notável aumento na quantidade de cigarros que fumo; a conclusão é que a letra ruim se deve à ansiedade. Agora resta averiguar as causas da ansiedade, coisa que seria difícil não relacionar a um sonho que tive um dia desses. Há nesse sonho, em algum pedaço do sonho, uma história borrada que está ligada à guerra e aos soldados ou policiais dos quais eu precisava me esconder. Mas a trama principal se desenvolve ao redor do tema de umas bicicletas que meus pais estavam dispostos a vender e que eram minhas.

(Interrupções diversas; atuais, não do sonho. Veio, fora de hora, a psicóloga para atender um paciente no consultório que compartilha com minha mulher; junto dela entrou o cão; também entrou seu filho — da psicóloga, quero dizer —, que ela trouxe para que Ignacio o entretivesse. Ignacio tentou fugir, mas já era tarde: agora está entretendo o menino. Veio a arquiteta. Voltou a entrar o cachorro, que eu tinha posto para fora com algum esforço. A arquiteta trouxe novos planos e orçamentos para a casa que compramos. As coisas ficam cada dia mais complicadas.)

As bicicletas eram minhas e eu ficava angustiado que meus pais fossem vendê-las.

23 DE NOVEMBRO

Nesta casa não falta nenhum recurso para me entreter ou me divertir (embora eu não deseje isso). Por exemplo, hoje Alicia teve a ideia de pôr de molho uma bata de Juan Ignacio dentro de um balde com água e sabão, e deixou o balde na cozinha, debaixo da janela, entre umas cadeiras e a grelha elétrica. Horas depois, enquanto eu tomava uma xícara de café na cozinha e tentava ler um capítulo de um romance policial, Ignacio se aproximou, como costuma fazer com frequência, para conversar (em geral a respeito de temas mais ou menos próximos do sexo). Sentou-se, com seu estilo informal e displicente, meio de lado na cadeira, e apoiou um dos pés na borda do balde. Enquanto fala, tem o costume de se mover, inquieto, pra lá e pra cá. Em um desses vaivéns, o pé resvalou da borda e se enfiou dentro do balde, derrubando-o. Ainda não consigo explicar como, se Ignacio ficou parado e a perna é mais ou menos vertical, ou em todo caso diagonal, mas o balde conseguiu ficar completamente deitado no chão, com a perna de Juan Ignacio dentro. Ele não podia tirar a perna nem ajeitar o balde, e não conseguia fazer nada além de contemplar com os olhos repletos de assombro como o balde ia se esvaziando por completo. Assim, o piso da cozinha foi ficando totalmente inundado, enquanto eu tomava com rapidez posições estratégicas em relação ao meu livro, meus óculos de leitura e minha xícara de café; ou seja, vim para meu escritório. Quando Alicia voltou, depois de alguns ataques de fúria e desespero, ocorreu uma cena tão divertida quanto a anterior: Ignacio e eu, recostados comodamente no marco da porta da cozinha, contemplamos atentos o esforço de Alicia para secar o piso. Fizemos isso com total inocência, quando Alicia nos dirigiu um olhar assassino que fez com que eu me desse conta da graça da cena e, depois de ter a prudência de ficar fora de seu alcance, caísse na gargalhada.

25 DE NOVEMBRO

Tenho plena consciência de que estes exercícios caligráficos foram virando exercícios narrativos; há um discurso — um estilo, uma forma, mais que um pensamento — que se impõe ansiosamente à minha vontade. A folha em branco é como uma grande sobremesa de chocolate que meu regime me proíbe de comer e que derrota minha vontade. Embora, em termos estritos, nada nem ninguém me proíba de escrever o que eu quiser, e como eu quiser, e embora ainda tenha várias folhas em branco e possa usá-las em uma coisa e em outra, há um fator externo, que chamar de "fator tempo" seria algo apressado (é mais um "fator ansiedade"; por mais que a ansiedade esteja e sempre tenha estado em uma relação estreita com o tempo, são duas coisas muito distintas); há, como dizia, um fator externo que me faz sobrepor ambos os atos em um só, e desse modo ambos se frustram, pois o resultado não é nem uma coisa nem outra. Agora, bem, esse fator externo, que defini como <u>ansiedade</u>, a que se deve ele? A resposta que dou de forma imediata — e, portanto, com suspeita de superficialidade — é que o exercício caligráfico "está me permitindo", e o narrativo não. O discurso surge dominando a proibição — e o resultado dessa briga entre escritor e superego é tão desesperador como costumam ser todas as transações forçadas, como um sonho erótico que desemboca em imagens veladas, simbólicas, em saltos argumentativos, em infinitas postergações.

Aí está: o ato narrativo livre é o que venho postergando de forma indefinida há anos, com uma desculpa ou outra. E não por ser difícil abandonar a ideia de escrever — conscientemente, diria que até não tenho vontade de escrever —, mas a vontade surge assim que pego a caneta e enfrento a folha em branco.

SEGUNDA PARTE

O discurso vazio

25 DE NOVEMBRO

Há um fluir, um ritmo, uma forma aparentemente vazia; o discurso poderia tratar de qualquer assunto, qualquer imagem, qualquer pensamento. Essa indiferença é suspeita; pressinto que por trás da aparência do vazio há muitas, muitas coisas. O vazio nunca me assustou demais; às vezes, chegou até a ser um refúgio. O que me assusta é não poder fugir desse ritmo, dessa forma que flui sem revelar seus conteúdos. Por isso me ponho a escrever, a partir da forma, do próprio fluir, introduzindo o problema do vazio como assunto dessa forma, com a esperança de ir descobrindo o assunto real, mascarado de vazio.

Não quero forçar as coisas com imagens do passado ou explicações da situação presente, que sempre soam falsas; gostaria de deixar essa forma falar para que fosse delatando a si mesma, mas ela não precisa saber que espero que se delate, porque logo eu escoaria outra vez rumo à aparência de vazio. Tenho de estar alerta, mas com os olhos semicerrados, com um ar distraído, como se não me importasse com o discurso que vai se desenvolvendo. É como entrar em um viveiro com peixes e esperar que as águas agitadas se aquietem e os peixes se esqueçam de que algo agitou a água, para que se aproximem e comecem a passear, curiosos, próximos de mim e da superfície do viveiro; então poderei enxergá-los e, talvez, agarrar algum.

O que não posso fazer é pensar em um leitor diferente de mim; aos outros leitores possíveis, temeria entediá-los com páginas e páginas cheias de nada, submetê-los à minha própria espera dissimulada, à mesma atitude — um tanto interpretativa — de uma delação da forma. Talvez, se houvesse um leitor que não fosse eu mesmo, ele já teria descoberto nas linhas escritas algo do conteúdo real do discurso; e essa ideia me perturba ainda mais que a ideia de entediar o leitor. Seria muito humilhante me delatar diante dos olhos do leitor enquanto continuo esperando a delação, alheio a essa delação que já se produziu. E é muito provável que já tenha se produzido. Por enquanto, essa imagem que apareceu, de um leitor hipotético mais astuto que eu, tem muito de paranoia. O discurso vai se revelando como um discurso paranoico. Muito bem: algo é algo. Mas temo que com essa descoberta, que não acrescenta nada ao meu conhecimento dos conteúdos do discurso, eu tenha provocado a desbandada dos peixes no viveiro.

Esperemos. Vamos distrair a atenção. Como é difícil falar de nada, o mais conveniente é desviar a atenção do discurso com assuntos triviais; algo sem relação com o tema e que nem sequer alude à minha estratégia de distração. Devo retirar o olhar do discurso e transladá-lo a um possível conteúdo trivial. Posso escolhê-lo. Posso, por exemplo, falar do tempo (e isso teria a vantagem de afastar em definitivo o leitor possível, o leitor mais astuto que eu).

Porém, acabo de ser interrompido pelo telefone. Atendi

porque estou sozinho em casa e pensei que a chamada poderia ser para mim, mas, como acontece na maioria das vezes, era uma ligação para minha mulher. Essas interrupções nas minhas atividades são muito frequentes. Morei a maior parte da vida sozinho e sem interrupções. Agora moro com uma mulher, um garoto, um cão e um gato (e uma empregada doméstica, de segunda a sábado de manhã; hoje é domingo à tarde). O cão e o gato estão no fundo, mais ou menos tranquilos; os problemas entre eles costumam surgir na hora da comida. O cão tem uma antiguidade muito mais importante que o gato na casa; o gato é um recém--chegado desconhecido, branco, muito cauteloso em seus afetos, mas imprudente, ou inconsciente, diante de outros perigos. O cão, desde a aparição do gato, está passando por uma crise de ciúmes.

Exercícios

27 DE NOVEMBRO

Registremos, para que conste nos próximos séculos, que são oito e meia da manhã. Se levarmos em consideração o horário de verão (uma manobra dos governos que não compreendo por completo, mas com certeza eles ganham algo e nós perdemos algo), são sete e meia da manhã. Já fiz o desjejum e agora estou tomando café. Mas não estou escrevendo com uma boa letra. Agora sim. Para conseguir uma boa letra, só posso escrever a respeito da letra, o que é muito monótono. Mas tratar apenas da letra mantém minha atenção no ato de escrever e me permite desenhá-las; de outro modo, minha atenção vai se deslocando rumo ao discurso, e a mão se põe a escrever de modo automático, sem uma vontade que a dirija.

A vontade: esse é o cerne do meu problema atual. Perdi minha força de vontade, que, por outro lado, nunca foi muito grande. Vejamos: o ego se define como a parte consciente e voluntária do ser — uma complexa invenção moderna, já que durante

46

milênios não havia, entre os seres vivos, nenhuma coisa que se parecesse remotamente a um ego. Ou seja, para o ser, isso exige um esforço, um consumo importante de energia psíquica, manter a existência desse artifício não natural e antinatural. Assim, vamos situando meu problema atual de abulia, mas, por outro lado, vamos mal no assunto de manter atenção na letra, pois já comecei a me apaixonar pelo assunto psicológico e a mão trabalha de forma mecânica, automática, sem uma vontade que a domine.

O discurso

27 DE NOVEMBRO

Na verdade, o cachorro também veio antes de mim nesta casa e nesta família; eu também, como o gato, sou um recém--chegado. Minha chegada significou para o cachorro uma quantidade de mudanças favoráveis e desfavoráveis; não consigo imaginar qual seria o balanço final (gosto de pensar que altamente positivo). O cão ficava sempre no quintal amplo da casa, rodeado por um muro alto, uma cerca viva e uma tela de arame; jamais podia sair dali. Passava a maior parte do dia com as patas apoiadas contra a tela de arame, olhando para o mundo exterior e latindo quando julgava necessário. A tela de arames dava para um terreno baldio, que fica em uma esquina e tem muitos muros baixos e meio derrubados. O terreno baldio é visitado com frequência por crianças, adultos e animais; alguns desses espécimes excitavam certos instintos do cão e ele se punha a latir com fúria e tenacidade, e como latir era insuficiente para descarregar toda a energia liberada pelos instintos, corria de um lado para o outro, às vezes em círculos, às vezes em linha reta, indo e vindo ao longo da tela. Coisas que aconteciam na rua ou na calçada à frente também produziam reações similares — era um mundo que o cão só conhecia através do olhar e, até certo ponto, mas só até certo ponto, do olfato. O sentido da visão é muito restrito para um cão; imagino que enxerguem algo como um filme em preto e branco desfocado, ou como as sombras da alegoria da caverna (ver Platão). O cachorro precisa ver, mas, acima de tudo, cheirar, e cheirar de perto. Em certas ocasiões, também precisa do exercício do tato. O ouvido, por mais que seja refinado ao extremo, talvez estivesse organizado fundamentalmente para a defesa, e suponho que não colabora muito para uma percepção estética e vital da realidade.

O cão era, portanto, um prisioneiro. À noite, prendiam-no com uma corrente por razões obscuras que nunca eram defendidas com coerência; e, também à noite, latia com frequência, ou produzia sons de corrente se arrastando, ou fazia ressoar um balde de água que ele derrubava e depois empurrava com o focinho sobre o piso de lajotas.

Sempre me preocupou, antes mesmo de me instalar nesta casa — que muito em breve devemos abandonar —, essa vida tão limitada e sombria do pobre animal. De início, comecei por limitá-la ainda mais, já que seus latidos noturnos debaixo da janela do quarto, somados ao ruído fantasmal de corrente e do balde arrastado, perturbavam meu sono, e concordamos em transladar sua casinha a um pátio interno descoberto, para mantê-lo isolado do que acontecia na rua e no terreno baldio; e o levamos para lá todas as noites antes de irmos dormir. O resultado foi bom: o cachorro dorme tranquilo — exceto em algumas noites de lua cheia, quando coros de cães se alçam na madrugada, por razões secretas que eu gostaria de conhecer, e então nosso cachorro se junta ao coro com sua voz distinta, familiar. Mas, em geral, dorme tranquilo à noite, assim como eu.

O passo seguinte foi me ocupar da sua alimentação. Dava comida uma só vez ao dia, e ele tinha engordado muito. Comecei a fracionar sua comida em várias parcelas, um sistema comprovadamente eficaz para emagrecer, e esse sistema estabeleceu um vínculo especial entre mim e ele, pois me transformei no *que dá de comer*, personagem que, para os cães, é muito importante, digno do maior respeito e admiração — ou pelo menos é o que dizem. Eu tenho a impressão de que o cachorro me considera mais como um funcionário seu, e às vezes até me olha como se buscasse avaliar minha real utilidade.

Preocupado com o assunto da sua falta de liberdade e do seu mundo limitado, ocorreu-me um dia ir alargando uma abertura na tela de arames; não na tela em si, mas entre uma barra de ferro vertical, que sustenta uma ponta da tela, e o muro contra o qual se apoia e em que está presa em vários pontos. O que fiz foi ir separando pouco a pouco a barra do muro. Se o cachorro realmente queria sair, eu pensava, descobriria em algum momento a possibilidade de fazê-lo por esse espaço, e bastaria apenas um pequeno esforço para terminar de abrir e passar o corpo. Eu não precisaria tomar a iniciativa; queria que ele conquistasse por conta própria sua liberdade, pois a única liberdade verdadeira, isso eu sei de sobra, é aquela que se conquista. Ao mesmo tempo, a liberdade do cão implicava uma responsabilidade, e eu não queria, para mim, a responsabilidade do que poderia acontecer com o cão, no seu desconhecimento do mundo, quando pudesse andar livremente por aí. Muitas noites sofri em silêncio a tortura de imaginar o cão debaixo das rodas de um carro. Queria que ele compartilhasse comigo pelo menos parte dessa responsabilidade, abrindo por conta própria o buraco. Eu apenas sugeria; ele era quem deveria realizar.

Exercícios

28 DE NOVEMBRO

Ontem eu tinha começado a desenvolver um assunto interessante, mas neste momento não consigo me lembrar do que se tratava, o que não deixa de ser uma vantagem para o exercício caligráfico em si. Ontem, conforme me lembro, tinha começado a escrever com paciência e prolixidade, até que surgiu esse assunto interessante e o desenho da letra foi desabando. Espero que hoje não surja nenhum assunto interessante. Por outro lado, é difícil que surja, pois, apesar de ter levantado mais tarde que ontem, sinto-me sonolento, como se não tivesse dormido a quantidade suficiente de horas, e com o corpo moído. Acho que estou vivendo uma espécie de crise hepática ou digestiva. E tenho esse estado de alerta irritável, em que qualquer ruído ou movimento inesperados me sacodem demais; é uma espécie de vigília pela metade, como se parte de mim, e uma parte principal, continuasse dormindo, enquanto a pequena parte desperta está ocupada, entre outras coisas, em proteger essa parte que dorme.

Assim, são muito escassas a capacidade de atenção e a energia disponível para realizar atividades práticas, como essa, por exemplo. E embora não tenha surgido nenhum assunto interessante, aviso que a qualidade da letra foi diminuindo progressivamente até que, quatro linhas acima, eu me dei conta disso e comecei a me esforçar em fazer as coisas um pouco melhor, com sucesso relativo. Por sorte, a folha está chegando ao fim. Espero que amanhã, quando empreender de novo este trabalho, eu me sinta melhor que hoje.

O discurso

28 DE NOVEMBRO

O discurso, pois, foi sendo preenchido com a história do cão; um conteúdo falso ou pelo menos meio falso, já que, como em todas as coisas, esses conteúdos podem ser vistos como símbolos de outras coisas mais profundas; penso que, na verdade, dificilmente um discurso — exceto um discurso político —, um discurso qualquer, encarado com honestidade, possa apresentar conteúdos falsos.

Isso não quer dizer que meu discurso abstrato, meu ritmo, meu fluxo, esteja determinado pela história do cão; quer dizer que, no caso da história do cão, ela pode ser um símbolo dos conteúdos reais do discurso, impossíveis, por algum motivo, de serem percebidos diretamente.

Por exemplo, no trecho narrado dessa história, seria possível pensar no buraco que vou alargando progressivamente no alambrado como um paralelo de outro buraco, psíquico, que vou alargando progressivamente em busca de alguma forma de liberdade, não do cachorro, mas minha. Em outras palavras, algo dentro de mim — e talvez por isso esteja escrevendo agora — trabalha de forma secreta e lenta para perfurar uma defesa que se ergueu em mim, um muro construído de forma secreta e lenta para me defender de algo, embora se saiba que essas defesas, por mais que sejam relativamente úteis no momento, com o tempo atuam mais como uma prisão para o espírito.

E agora que pensei e disse isso, vem à minha memória um acontecimento de poucos anos atrás, quando ergui um muro de defesa não de maneira secreta e lenta, e sim de forma completamente deliberada. Ou que supus que era deliberada; quero dizer que foi consciente, mas talvez eu não tivesse opções; talvez esse algo oculto em mim tenha dado a ordem imperiosa de realizá-lo, e essa ordem chegou à consciência e foi assumida pela consciência como uma coisa dela. Refiro-me ao dia exato — 5 de março de 1985 — em que deixei meu velho apartamento no centro de Montevidéu e entrei no carro de uns amigos que ia me levar, de forma definitiva, pensava eu naquele momento, para morar em Buenos Aires. Por mais que esse caráter definitivo não fosse certo nem taxativo em relação a Buenos Aires, ele o era em relação ao meu apartamento, sobre o qual pesava uma ordem de despejo. No momento em que o deixei, sabia com certeza que não voltaria a morar ali. E lá eu havia vivido, bem ou mal, uns oitenta por cento dos quarenta e cinco anos que tinha na hora em que entrei no carro.

29 DE NOVEMBRO

De modo que, valendo-me da imagem do cão para preencher o discurso vazio, ou aparentemente vazio, pude descobrir que por trás desse aparente vazio se ocultava um conteúdo doloroso: uma dor que preferi não sentir no momento em que deveria senti-la, pois estava certo de que não poderia suportá-la, ou pelo menos não teria tempo de ir liberando-a lentamente de modo tolerável. Porque no dia 5 de março de 1985, na primeira hora da tarde, entrei nesse carro que me levaria "definitivamente" a Buenos Aires, e no dia 6 de março de 1985, às dez da manhã, deveria começar a trabalhar em um escritório em Buenos Aires. E deveria começar a me adaptar à vida em outra cidade, em outro país. Não teria tempo de sentir dor e optei por me anestesiar.

Esse ato de anestesia foi uma operação psíquica consciente, que nesse momento chamei de "baixar a persiana metálica" e, um pouco depois, de "psicose controlada": uma operação de negação da realidade, que basicamente consistia em me dizer repetidas vezes: "Não me importo em deixar isso tudo", "Estou contente de deixar isso tudo, essa cidade que me oprimiu, essa cidade que vi ser destruída nos anos da ditadura, esse apartamento onde vivi, sofri e amei, esses amigos, para os quais o apartamento era um lugar de reunião e quase de terapia". Não dizia isso com palavras, e sim com uma ação mental indescritível, que poderia se assemelhar à de fechar registros de canos, desconectar cabos, levantar barricadas diante da ameaça de cada sentimento que pretendia ser formulado. Eu sabia que não era verdade, que eu me importava sim, que não me alegrava. O que me alegrava, sim, era a perspectiva de começar uma nova vida, de encarar novas experiências a uma altura da vida na qual, eu pensava, não se produziriam maiores novidades.

Até então, eu tinha sentido minha vida como algo já realizado — não em termos satisfatórios, mas sem horizontes de mudança. No ano anterior, tinha me preparado cuidadosamente para a morte, e se a morte clínica não havia chegado, por outro lado viera uma morte espiritual que, difícil dizer, ainda perdura, e talvez perdure até a morte clínica, e isso também é difícil de dizer. Ainda assim, a perspectiva de mudanças era uma perspectiva de vida, e tive de reunir muita coragem, e precisava estar muito desesperado para fazer isso, pois pensava que já não tinha energia suficiente para mudanças de nenhuma espécie. Foi preciso ter muita coragem para fazer esse movimento rumo às mudanças que pareciam impossíveis, foi preciso apelar a todas as reservas de energia psíquica, se disciplinar de maneira feroz, se encouraçar contra o medo. Não podia me permitir sentir medo, como também não podia me permitir olhar para as coisas que deixava para trás.

Exercícios

30 DE NOVEMBRO

Ontem à noite me deitei tarde (quatro da manhã), hoje me levantei tarde e com dores no corpo todo. Tenho muito trabalho a fazer e, além disso, consegui o manual do Smart-Logo; suponho, portanto, que estes exercícios vão sair mal. Observo que a letra está muito pequena; deve ser porque me sinto culpado. As coisas não andam bem. Tenho a impressão de que tudo em mim e ao meu redor se desorganiza com facilidade excessiva. Se é verdade que eu deveria ser mais forte e não me deixar levar pela loucura do meu entorno, também é verdade que estou acostumado a ambientes mais controlados por mim. Não sei me tornar independente do entorno, por mais que eu fale da minha "torre de marfim". Estou atento demais às coisas que acontecem. Por exemplo, não posso me deitar com tranquilidade, fechar os olhos e dormir, se sei que o resto das pessoas da casa está acordada. Isso acontece porque o resto das pessoas da casa não é confiável. Por exemplo, se Ignacio está desperto, com certeza vai adormecer com a televisão ligada, e com a luz do quarto acesa. Também não posso ter certeza de que, enquanto durmo, Alicia se ocupe de desligar a televisão e apagar a luz, sobretudo se já estiver deitada, porque dorme também sem se dar conta e sem a menor preocupação com o que pode estar acontecendo. Tampouco é provável que se lembre de tirar o lixo, apagar a luz, baixar as persianas e fechar as janelas do seu consultório, fechar com chave e não só com o ferrolho a porta da rua, colocar o tapete na fresta da porta, nem guardar a comida na geladeira, ligar o despertador e, acima de tudo, deixar de fazer ruídos e movimentos depois que eu já dormi.

O discurso

30 DE NOVEMBRO

Porém, me parece prudente retomar a história do cão e do gato, pois ainda não estou em condições de adentrar em profundidade nesses assuntos dolorosos do meu passado, especialmente se pensar que a "psicose voluntária", com o passar dos meses e dos anos, foi se fixando e se tornando não tão voluntária. Hoje é um enorme trabalho tentar voltar para trás, e não tenho certeza se consigo. Também não tenho certeza de que esses conteúdos do discurso sejam os conteúdos reais; é possível que ainda mascarem muitas outras coisas. Mais que possível, diria que é um fato certo; ainda assim, não tenho uma paixão psicanalítica e me contentaria em desvelar moderadamente esse vazio aparente, sem necessidade de remontar às primeiras causas, com certeza pré-verbais.

O cão, pois, permaneceu indiferente diante desse buraco que eu ia alargando dia após dia no alambrado. Ou talvez não lhe ocorresse a possibilidade de sair por ali, ou ocorria, mas parecia muito arriscado. Passou cerca de um mês até que se decidisse, certa tarde, a enfiar o corpo entre a barra e a parede e fazer o esforço de afrouxar a barra mais um pouco, só mais um pouco, e sair para o terreno baldio; para isso, deve ter chegado a época do cio. (Já discutiram esse tema do cio nos cães machos comigo, e não quero começar uma polêmica a respeito. É possível que aquilo que eu chamo de "cio" no meu cão seja uma resposta ao cio real de alguma cadela dos arredores, mas, de qualquer maneira, isso implica uma mudança radical nas condutas do cão macho.)

Nessa época, como logo descobri, ele sempre muda de personalidade, fica eufórico, maníaco, mais agressivo e impetuoso. Assim, uma tarde passou com toda a facilidade para o outro lado do alambrado. Por um tempo, dedicou-se a cheirar o terreno baldio com uma mescla de fruição e de profundo interesse, como um verdadeiro profissional, descobrindo sabe-se lá quantas histórias ocultas — essas histórias que só o olfato pode revelar a um cão e que permanecerão para sempre ocultas aos humanos se estes não tiverem a oportunidade de presenciá-las enquanto ocorrem. Tenho certeza de que o cão pode interpretar os odores e traduzi-los em uma compreensão cabal dos fatos que geram esses cheiros. Nós, humanos, estamos limitados a algumas associações muito primárias, por exemplo abrir uma caixa há muito tempo fechada e perceber com fugacidade o aroma da partícula de um antigo perfume, aderida até então a um pedaço de uma peça de roupa. O aroma excita a memória, mas não acrescenta nenhum conhecimento novo aos humanos.

Vi o cão, nestes dias, sair para o quintal impetuosamente, e reconstruir, graças ao olfato, toda uma história protagonizada pelo gato e por mim poucos minutos antes: como o gato tinha me seguido, se esfregando nas minhas pernas, em um percurso sobre o piso de lajotas; como eu tinha me virado e voltado para casa com o gato ao lado; como saíra outra vez com uns pedaços de carne e como o gato os mastigou com parcimônia perto da porta. O cão seguiu com total exatidão todos os nossos movimentos na sua ordem correta, e pude ver na expressão do seu rosto que estava tirando conclusões. Mas estou me apressando na apresentação do gato. Tinha acabado de narrar a primeira saída do cão ao mundo exterior, pelo menos de forma independente; antes disso, uma vez e outra, pouquíssimas, ele tinha sido levado à praia, de carro, e preso a uma corrente de ferro — a mesma que o amarrava às noites quando sua casinha ainda ficava no quintal ao fundo.

3 DE DEZEMBRO

Acabo de ler de uma sentada tudo o que escrevi até agora, e a leitura desencadeou uma quantidade de associações e emoções a ponto de me deixar paralisado, como na bifurcação de vários caminhos, sem saber que direção seguir — por mais que eu saiba que qualquer uma será tão boa ou tão ruim quanto as outras, já que meu propósito inicial continua o mesmo: capturar os conteúdos ocultos por trás do aparente vazio do discurso, e para isso não tenho pressa, ou não deveria ter. Mas, a cada dia que passa, sinto como minha ansiedade cresce, e até posso representar graficamente essa ansiedade, através do desenho da curva da quantidade de cigarros que fumo a cada dia. O cerne da ansiedade se encontra, provavelmente, no fato de que o tempo nunca é suficiente; e se me pergunto por que nessa etapa da vida o tempo não basta, devo responder que por duas razões: uma, que assumi responsabilidades demais (e preciso acrescentar que também adquiri uma quantidade maior de elementos de dispersão); e a outra, que meu corpo se tornou mais exigente com a velhice (e, em boa medida, são essas exigências do corpo envelhecido que me obrigaram a admitir, paradoxalmente, um número maior de responsabilidades).

Porque devo atender ao corpo com maior cuidado que antes, quando era menos vulnerável e poderia submetê-lo a maiores carências e esforços; e essas atenções ao corpo custam dinheiro, e para ganhar dinheiro é necessário estabelecer certos compromissos; e esses compromissos consomem tempo. Mas também adquiri novas responsabilidades por outros motivos, como o amor, por exemplo.

Por outro lado, o que venho buscando com afã há tempos é acabar o mais rápido possível com o trabalho acumulado para poder acumular um pouco mais do bom ócio, e nestes dias descobri que é uma estratégia equivocada, fruto de uma ilusão. Que passei o carro na frente dos bois. Que não se pode chegar ao ócio através do acúmulo de ações, pois cada ação promove a necessidade de novas ações e a pessoa vai se vendo envolvida em um emaranhado interminável de pequenas opressões cotidianas. O que eu deveria fazer é traçar uma linha simplificadora, que separasse as ações indispensáveis das que não são, e me concentrar para realizar o mínimo absoluto do indispensável.

Ainda assim, e não entendo bem o motivo, isso também me gera ansiedade; talvez, me ocorre agora, seja porque o que ponho de um lado da linha como "não indispensável" é indispensável também, não de modo racional, mas vital. E eis que agora, também, meu discurso se enredou e, para piorar, neste momento minha mulher voltou. Tinha saído para resolver umas coisas, e traz informações que não posso deixar de ouvir. Talvez seja melhor assim, e essa interrupção me libere do emaranhado do discurso.

Exercícios

4 DE DEZEMBRO

Me imponho a prioridade deste exercício, apesar da pressão psíquica de outros trabalhos urgentes a serem realizados. Tratarei, justamente, de me esmerar mais que nas outras vezes neste exercício para continuar hierarquizando, antes de mais nada, o que é urgente e rentável. É, no fundo, uma luta para resgatar minha identidade e meus princípios, em um momento de grande bagunça. Devo evitar ser arrastado pelo torvelinho. Esse torvelinho nasce, se não me engano, com a entrega das chaves da casa nova; ou talvez antes, desde a busca por uma casa e a decisão de comprar esta que foi adquirida. Mas antes era mais como um redemoinho não tão violento; foi com a posse das chaves que começou a voragem. Acho que isso é produzido fundamentalmente pela interação de duas personalidades distintas, quase opostas, como a de Alicia e a minha. Meu modo de ser me exige, e me permite, realizar as coisas de certo modo e não de outro. Meu modo de realizar ações tem algo de zen; as coisas devem se realizar quando estão maduras para sua realização, e esse momento é algo que devo sentir surgindo no meu interior. Acho que tudo tem seu momento apropriado, que responde a causas misteriosas externas e/ou a um acontecimento interno, à culminação de um processo interior de elaboração: chega um ponto no qual uma pessoa fatalmente <u>vê</u>, <u>sente</u>, <u>percebe</u>, <u>sabe</u> como as coisas devem ser feitas — e nesse preciso instante surgem, ao mesmo tempo, as forças para realizá-las. No entanto: Alicia, que tem o jeito oposto, eu diria de "falta de respeito pelas coisas", acha que elas devem se realizar apenas através da força de vontade, independentemente das circunstâncias (externas ou internas), contra o vento e a maré.

(SEGUNDA FOLHA)

Continuo desenvolvendo o tema enquanto aguardo uma visita, o que me impede de submergir em outro trabalho mais complexo e mais ingrato de interromper depois do seu começo.

Não há dúvida de que o jeito de Alicia a torna muito mais eficaz do que eu. Com frequência, eu a invejo por essa aparente facilidade para resolver impossibilidades. No entanto: dos momentos na minha vida em que desenvolvi um jeito similar e uma eficácia idem, concluí que a experiência dessa eficácia prática cobra um alto preço espiritual.

... (*interrupção*)...

O jeito eficaz implica desenvolver demais o setor prático da mente, em uma espécie de militarização do ser. Os problemas passam a ser inimigos a enfrentar (e às vezes destruir), e não amigos a incorporar. Os problemas, nesse jeito, são encarados de frente e resolvidos, não da maneira que convém naturalmente ao problema, e sim da maneira que "para mim" parece mais rápida, econômica e conveniente nesse momento. Tem uma espécie de falta de respeito pelo problema — como a falta de respeito que há pela natureza quando se poda a copa de uma árvore em forma geométrica.

Isso não é bom para o espírito, e tampouco, a longo prazo, essa eficácia é uma eficácia autêntica. Cortamos o fio em vez de desatar com paciência o nó; logo, esse fio não pode voltar a ser utilizado. A modalidade prática irrita a modalidade zen e vice-versa. Assim, Alicia e eu vivemos nos irritando mutuamente, e as coisas vão sendo feitas de qualquer maneira, e nenhum dos dois tem, no fim, uma ideia clara de como as coisas devem ser feitas. Alicia pensa que devemos nos mudar o quanto antes, e eu penso que devemos nos mudar nas melhores condições possíveis, e essa contradição cria o torvelinho.

O discurso

4 DE DEZEMBRO

O que acabou me liberando do emaranhado do discurso foi uma nova comoção na Argentina, que desta vez pude ver pela televisão e fora da Argentina (ainda que muito próximo dela). Fiquei horas hipnotizado diante da tela, vendo desfilar tanques e escutando disparos de diferentes calibres naquelas paisagens familiares e queridas.

O discurso não se alterou, e sim se apagou durante muitas horas. Hoje estou no zero, recordando apenas confusamente que em algum momento eu deveria me atrever a explorar aquela "psicose controlada" que cindiu da minha vida esses oitenta por cento montevideanos. Sinto também confusamente que há outra psicose por explorar, mais recente, nada controlada, relativa a esses quatro anos vividos em Buenos Aires que também apaguei da minha memória afetiva. Que porcentagem vai restando de mim mesmo?

***

Uma interrupção, como sempre. Mas, dessa vez, é uma interrupção significativa, uma espécie de invasão do meu próprio discurso na ausência de discurso, no zero de hoje: minha mulher chegou da rua arrastando o cão, que está grunhindo, e o põe "de castigo" no pátio interno; muito incomodada, comenta que o cachorro acaba de matar um pássaro.

Exercícios

5 DE DEZEMBRO

Quanto mais me esforço para não perder a cabeça e me manter o mais inteiro possível dentro do torvelinho, maior é o empenho de Alicia em aumentar a intensidade do torvelinho. Ataca a partir de todos os ângulos.

Ela decidiu comprar uma casa. Escolheu um imóvel que estava muito acima das suas possibilidades atuais de pagar. Fiquei preso ao meu trabalho de criador de palavras cruzadas, que paga em dólares, como forma de colaborar com o pagamento da dívida. Nesse período, e de forma mais ou menos previsível, o trabalho ficou complicado por causa de uma antecipação de materiais que foi preciso fazer por causa de licenças em janeiro das pessoas que trabalham comigo. Meu trabalho em geral também se complicou, por acúmulo de anotações e comentários para um jornal, com o qual posso ganhar mais dinheiro. E, além disso, surge a possibilidade bastante certa de publicar um par de livros. E, além disso, tenho vontade de escrever algo <u>literário</u>, não rentável. Mas eis que tudo isso não parece ser suficiente. Alicia não apenas opta (com minha aprovação, devo esclarecer) por essa casa muito cara, como quer se mudar para lá o mais rápido possível — antes do fim do ano. Mas isso também não é suficiente, porque além do mais ela tem uma série de exigências que obrigam a realizar na casa uma série de obras antes de nos mudarmos. E delega a mim toda a responsabilidade, e quer me fazer acreditar que é uma prova de confiança. Ainda assim, quando tento fazer as coisas do meu jeito, ela sente que estou perdendo tempo e se põe a realizar as coisas no meu lugar. Depois "pede ajuda" para sair das encrencas nas quais se meteu, e eu vou me sentindo cada vez pior, mais bloqueado e inútil, e o trabalho por fazer continua se acumulando, e o tempo segue passando em uma dispersão na qual nada acaba de ser resolvido. Eu me torno cada vez mais rígido e autoritário, buscando manter nem que seja a aparência de uma estrutura psíquica. Mas o torvelinho cresce e me arrasta.

O discurso

5 DE DEZEMBRO

Nos últimos anos, comprovo sistematicamente que, cada vez que me ponho a escrever algo como isso que comecei a escrever faz uns dias, algo acontece com os pássaros. Aconteceu em Buenos Aires, duas vezes, e aconteceu aqui em Colônia, no ano passado, quando iniciei uma história (que depois concluí, e depois queimei no aquecedor). Agora, quando tinha me desviado da história do cão, aparece dramaticamente um pássaro na boca do cachorro. Essas coisas são desconcertantes e me complicam, sobretudo pela carga simbólica. Sinto como se de repente as circunstâncias me situassem por completo em um assunto que tento evitar, um tema para o qual ainda não me sinto maduro.

Comecei a escrever buscando apenas resgatar a forma de um discurso existente e esperando que, enquanto isso, seus conteúdos fossem sendo desvelados; mas agora parece que, outra vez!, pelo simples fato de me pôr a escrever, tive acesso involuntário a um mecanismo secreto, a um funcionamento secreto das coisas, e que interferi com meus dedos desajeitados que golpeiam as teclas da máquina. Já me sinto preso a esse mecanismo que desconheço; já me invade o temor mágico de que essa ação, de aparente caráter privado, pessoal e inocente, tenha me feito entrar em contato com um mundo poderoso e perigoso, que não posso dominar e que apenas, e com muitas dúvidas, posso chegar a intuir.

Esse passado ao qual não consegui devolver a carga afetiva segue me pressionando desde os recôncavos do inconsciente. A realidade exterior segue pressionando cada vez mais para que eu trabalhe, para que aja, para que faça uma série de coisas que não tenho vontade de fazer. Estou preso entre dois mundos que são como duas grandes bocas insaciáveis que reclamam e reclamam, e já faz tempo demais que não posso atender devidamente uma dessas bocas. E quando a pessoa não atende, essa boca quer devorar tudo. Devo, pois, ficar firme e estabelecer prioridades: creio que o primeiro é o ser interior, a demanda íntima, a mobilização dos afetos congelados e talvez meio apodrecidos. Mas tenho medo de encarar isso, não sei como fazer, não tenho tempo suficiente para me deter e olhar para dentro com cuidado; temo me perder por muito tempo dentro desse mundo cheio de sombras, dissimulações e dores velhas.

Exercícios

6 DE DEZEMBRO

Quem escreve estas linhas é o germe do novo EU. Ontem à noite, quando tirei a roupa para tomar banho, vi no pequeno espelho do banheiro uma imagem de mim mesmo da qual não gostei. Pensei: "Odeio este corpo". Logo me dei conta de que não odiava esse corpo gordo e deformado porque era assim, mas que meu corpo tinha se transformado precisamente nisso porque eu, desde antes, o odiava. Eu me dei conta de que jamais chegarei a modelá-lo ao meu gosto seguindo o caminho do ódio, e também pensei que essa monstruosidade física deveria ser a expressão exata de uma monstruosidade psíquica. "Devo modificar corpo e alma", pensei então.

Esta manhã, acordei sem que eu tivesse esquecido ou interrompido essa linha de pensamento. E despertei com uma resolução tomada, não muito clara, ainda que clara na atitude concomitante com a resolução.

A linha geral do pensamento é esta: 1) Estou projetado demais na direção de coisas exteriores; perdi todo o contato comigo mesmo; 2) Já faz muito, muito tempo que venho exercendo uma reiterada violência contra meu corpo e minha mente (o primeiro cigarro do dia, sem vontade, "para acordar"; a primeira comida do dia, sem fome, por rotina; e assim por diante. Tenho de "comer quando tenho fome e dormir quando tenho sono"); 3) Tudo o que tenho de fazer é indefinidamente postergável; o que não posso postergar por um instante a mais é tratar bem a mim mesmo.

Essa é a linha geral que espero poder desenvolver. Uma linha um pouco zen, antiansiedade. Será difícil, porque o demônio às vezes se alia a alguém que amo. Espero poder resistir.

7 DE DEZEMBRO

O assunto da percepção do meu corpo é muito antigo; vem da imobilidade forçosa que tive dos três aos oito ou nove anos de idade, e nessa época aprendi a me separar do corpo e viver na mente. Isso se complicou mais tarde, com outros acidentes, e a cada tanto passei por longos períodos de "viver na mente". Nesses períodos, o corpo parece existir apenas quando dói, e ainda assim sei que tenho muitos truques para fugir da dor. Por exemplo, quando fico lendo como ontem à noite, logo ao terminar a leitura do livro, começo a sentir as dores e contraturas de uma posição ruim prolongada. Então me sinto culpado — pelo tardar da hora, porque sei que no dia seguinte vou estar com sono e dores, porque a cada dia enxergo menos e meus olhos já supuram de cansaço, e sobretudo pela consciência de ter caído nessa espécie de transe, de não ter força de vontade necessária para produzir uma mudança nos meus hábitos ruins. Será que é mesmo tarde demais para melhorar as coisas? Penso que atualmente tenho recursos escassos; cairiam bem as famosas "motivações", mas por desgraça, eu não as encontro dentro de mim — e, de fora, não dá para esperar mais nenhuma.

8 DE DEZEMBRO

Hoje li no jornal uma nota a respeito do "mal da década de 90", a síndrome da fadiga crônica (SFC). Se, por um lado, não tenho todos os sintomas descritos, alguns deles eu tenho. Supõe-se que a síndrome esteja relacionada a algum tipo de vírus. Do que não tenho dúvida é da minha fadiga crônica, e com a SFC que descreve a matéria descubro semelhanças especialmente no terreno psíquico, nas modalidades que a distinguem de uma depressão comum (por exemplo, a vontade de realizar coisas, que não podem ser feitas por causa dessa fadiga que ataca a pessoa quando ela começa a encarar a jornada, desde o momento em que acorda). Como isso foi descoberto muito recentemente, não tenho forma de afinar o diagnóstico; deverei seguir me tratando como se o que eu tenho fosse uma depressão. Ontem comecei a tomar um antidepressivo. Não observei ainda nenhum resultado, nem esperava, porque sei que demora uns dias para que produza um efeito perceptível. A verdade é que eu queria sair desse estado de esmagamento de uma vez por todas. Talvez o psicofármaco ajude, mas agora não enxergo um futuro claro, nem sequer encontro momentos de um presente aceitável.

Creio que, seja lá o que for, meu mal, se não for causado por isso, pelo menos se agrava com a hiperatividade de Alicia e suas ausências, cada vez mais prolongadas nos últimos tempos (estou me referindo às suas ausências da relação comigo, à sua maneira de preencher o tempo sem deixar resquícios, não necessariamente às ausências que implicam estar fora de casa). Cada vez mais os prazos se alongam e nunca chega o dia de começar a "viver juntos".

9 DE DEZEMBRO

Sigo esperando os efeitos do psicofármaco; se já existem neste momento, são completamente negativos. Não me sinto nada bem, e ainda se agravaram sintomas e mal-estares. Veremos como evoluem as coisas nos dias seguintes, mas sigo pensando que as circunstâncias têm tanto peso nesse assunto que dificilmente dá para esperar algo de um trabalho unilateral sobre mim mesmo. É como estar submerso em um pântano de água venenosa. Se não muda o entorno, é muito difícil que eu possa encontrar fórmulas para superar meu estado. Não sei por que as coisas são assim. É possível que exista uma incompatibilidade básica, que não podemos nem queremos ver. Mas o fato é que o tempo passa e as coisas, longe de se resolverem ou de se harmonizarem, se complicam e ficam mais extremas. A compra da casa, os reparos que devemos fazer nela, a mudança próxima exasperam ainda mais a situação. Ainda assim, tudo é subjetivo: não há prazos impostos por alguma coisa de fora. Alicia imprime seu próprio ritmo aos passos anteriores à mudança, um ritmo que não consigo acompanhar. Ainda não pude pôr em prática meu sistema de "me situar" idealmente na nova casa e imaginar seu funcionamento. Para mim, essa é uma condição indispensável, mas não sei se agora conseguirei fazer isso, porque tudo está em andamento, porque Alicia tomou as rédeas, porque a casa vai ganhando formas que não foram "vividas" por mim (nem por ninguém), porque tudo isso é imposto a mim — como também aqui, nesta casa, ritos e formas de vida são impostos sem eu ter tido a oportunidade de examiná-los. O que é feito não surge de uma necessidade real, não é *necessário*. O que há, sim, é um padrão, uma forma abstrata que se aplica como se fosse uma força sobrenatural operando em todos nós.

10 DE DEZEMBRO

Não sei como posso esperar ficar com a letra boa se me sinto tão caído. Não importa; por disciplina, continuo com meus exercícios — desde que não me exijam muita disciplina. Mas vamos tentar mais uma vez, reunindo forças. Bom, às vezes a letra melhora. Tentemos continuar assim. Bom. (Como é que se fazia o B?) B B B B B B — não, não me convence de maneira alguma. B B B. Bom, é o melhor que vou conseguir hoje. Sinto o corpo moído, como se tivesse sido golpeado por uma dezena de hotentotes bem alimentados. Minha mente também é uma loucura. E o tempo passa e as coisas não se resolvem nunca. Estou cansado de bolar estratégias para sobreviver, levando nas costas uma vida sem aliciantes (aliciantes = Alicia, bom jogo inconsciente de palavras). Tudo funciona de maneira assintótica, do mesmo modo que a ciência em relação à realidade; cada vez mais próximas, mas sem nunca se unirem. A curva se aproxima da reta, mas "não toca".

11 DE DEZEMBRO

Acho que estão aparecendo os efeitos do antidepressivo; pelo menos os secundários, claramente. Quanto aos primários, talvez tenham a ver com uns sonhos que tive ao meio-dia.

Eu caminhava por um edifício com o dr. NN, e ele me chamava a atenção para um sujeito mirrado, de aparência estrangeira, tez escura, que nesse momento saía de um quarto e descia umas escadas, e me dizia que estivera internado (doente, ou preso) durante dois (ou vinte) anos. Mais tarde, eu rememorava essa cena como se tivesse me ocorrido naquele momento jogar na quina, no número 200, e na rádio anunciavam com grande animação que tinha saído esse número, e eu ficava maravilhado com o fato, embora na realidade não tivesse apostado. Quis contar essa anedota várias vezes, a várias pessoas, mas tornava a história muito longa, com detalhes demais, e nunca ninguém me deixava contá-la até o fim; me interrompiam falando de outras coisas, e isso me exasperava e me dava raiva. Também sentia raiva de mim mesmo, por não poder sintetizar a história, chegar à essência do que eu queria contar. Quando tentava mais uma vez, de novo me perdia em digressões e detalhes secundários.

(SEGUNDA FOLHA)

Outra parte do sonho transcorria em um mercado, enquanto eu buscava um açougue. Depois escolhia um pedaço de carne, mas, por algum motivo, não ia comprá-lo naquele momento e o pendurava outra vez em um gancho que pendia do teto. Um funcionário de outro setor da carne ali perto me dizia que podia me ajudar a pendurar, mas eu respondia que não precisava de ajuda. Ainda assim, ao querer furar a carne com o gancho, a ponta do gancho se retraía e ficava oculta dentro de algo como um trapo que o envolvia em parte, e eu não conseguia pendurá-la.

Alguém vinha em nome de uma jovem que trabalhava em uma cafeteria do mercado e com quem eu tinha aparentemente faltado a um encontro; mandava dizer que me esperava na hora de fechamento do mercado, quando ela deixava o trabalho; eu respondia ao mensageiro com uma arrogância boba, e ordenava que ele dissesse à jovem que ela havia perdido sua oportunidade.

Em outro momento, eu me encontro em um lugar onde há um veículo estranho, alto, talvez um trator, que na parte de baixo tinha uma plataforma com terra e plantas, e nela viajava uma menina, próxima às grandes rodas. Seus pais andavam na parte superior, sem que pudessem enxergar bem a menina, e eu via que essa garota corria perigo e me angustiava e pensava: "Os pais não se dão conta de que ela cresceu, e agora anda pra lá e pra cá; esse sistema de transporte servia para quando ela era muito menor e não sabia andar, mas agora ela corre perigo".

(TERCEIRA FOLHA)

Havia algo, como o tronco de uma árvore, no piso do mercado, e ali nesse tronco morava uma família (que era uma família humana, ou melhor, de cervos. Em algum momento, passa a ser a família X, amigos meus). No entanto, essa família se sustentava sobre o tronco através de umas ligas de cola preta, redondas, que formavam desenhos caprichosos sobre o tronco; eu me aproximava e descobria, mesclada com essas ligas, uma víbora de características iguais e muito perigosa. Então tentava separar as ligas (úteis) da víbora (perigosa), e para tanto tirava pedaços de casca da árvore, mas não podia fazer isso direito por causa do perigo da víbora. Estava lidando com essa casca (que às vezes era um lençol e às vezes algo imaterial, ou abstrato), quando a víbora despertou, e houve um diálogo entre nós. Esse diálogo incluía um desafio, e a víbora passava a ser um lobo. Eu estava comprometido a travar um duelo até a morte com ele, de facas, em um cômodo contíguo.

O lobo estava vestido: vejo seu peito, que devo atacar, e ele veste uma camiseta igual à minha. Ele me dá a chance de tentar feri-lo primeiro; expõe seu peito à minha faca. Tenho uma série de valises sobrepostas, de madeira, com repartições, onde há várias facas de diferentes tipos. Escolho uma delas e dou uma punhalada no coração do lobo.

(QUARTA FOLHA)

(Agora que revivo isso na imaginação, vejo que aponto para o lado direito do lobo; seria meu lado esquerdo no espelho, dado que parece muito significativo.)

Mas não escolhi uma faca apropriada; sua lâmina se dobra como um papel e o lobo ri. Busco outra faca e acontece o mesmo. Tenho em mente uma faca poderosa, e sei que está ali em alguma repartição da valise, mas algo me impede de usá-la; na verdade, não quero matar, não quero sentir a faca abrindo a carne nem ver sangue. O peito do lobo irradia força e virilidade. Sinto-me muito pequeno e frágil, e invejo essa força e essa virilidade que não poderei atingir. Por fim, dou-me por vencido. Peço ao lobo para que me permita escrever uma carta, e que depois deixarei que me mate. (Não faço ideia de que carta eu queria escrever.) O lobo fica satisfeito e está de acordo, mas logo é substituído por uma mulher de óculos redondos e vestido azul-celeste, uma mulher com certa autoridade nesse lugar, que me diz que isso tudo é absurdo, que não tenho de me deixar ser morto. O lobo não está à vista e imagino que o perigo desapareceu, e sinto alívio, mas ao mesmo tempo sinto vergonha pela minha covardia, por ter preferido que me matassem em vez de matar.

13 DE DEZEMBRO

Ontem não tive tempo de fazer estes exercícios, e anteontem o que fiz não foram bem exercícios caligráficos, e sim várias folhas com relatos de sonhos. Fiquei contente de ver que a letra era inteligível, apesar de não ter tido o menor cuidado ao desenhá-la, como faço agora. Isso quer dizer que essa prática dá seus frutos. Ontem, de toda maneira, tive outro sonho; anoto-o agora e me despreocupo, portanto, com a letra.

Estava em uma banheira enorme — como uma grande piscina de natação, ainda que estreita e muito comprida — cheia de água com sabão, e por isso, um tanto opaca, e dessa maneira ninguém podia enxergar que eu estava nu. Minha amiga M. estava comigo (e eu sabia que ela também estava completamente nua, embora também não pudesse ver; só sua cabeça sobressaía da água). Ambos nadávamos alegres, e na cena predominava um erotismo suave. Mas logo noto que a água desce de nível na banheira; agora há muito menos que antes. Vou rumo à tampa e M. está ali, tentando fazer algo com ela. "Está vazando pelo tampão", ela diz, e busca ajustá-lo melhor. Mas suas manobras o afrouxam ainda mais, e a água se vai com rapidez, enquanto tentamos cobrir nossas "partes pudendas" com as mãos e os braços, e torcemos o corpo de modo a oferecer a menor visão possível. Aí desaparece o erotismo suave e aparece uma certa preocupação com o que está acontecendo, mas ao mesmo tempo isso nos diverte e rimos. Há outras mulheres fora da banheira, e pedimos que tragam algo para nos cobrirmos. A banheira está no meio do campo.

14 DE DEZEMBRO

Ontem à noite tive outro sonho com água. Dessa vez era uma enseada pequena no rio ou no mar. À direita havia uma ponte ou um dique, de madeira, que passava sobre a água até certo ponto. Também, em meio à água, havia pedaços de madeira, alguns flutuantes, outros emergentes, como estacas. Eu nadava frequentemente nesse lugar, durante um longo tempo a cada vez, e me sentia bem, embora houvesse no ambiente certa tensão de origem política, pois Stálin tinha acabado de se instalar no poder. Ainda não aparecia em público como uma figura maligna, mas eu sabia que não dava para esperar nada de bom dele, ainda que eu não tivesse um temor pessoal, como se gozasse de imunidade. Inclusive, dizia isso a outras pessoas, pelo visto turistas (e eu também era, por acaso) que tentavam sair desse país, mas eu continuava nadando com tranquilidade.

Mudando de assunto (e já é hora de começar a prestar atenção na grafia — não vamos chamar isso de caligrafia), hoje foi a primeira sexta-feira da minha nova etapa da relação com Alicia, na qual se supõe que a sexta-feira é um dia dedicado por inteiro a nós, à nossa comunicação e à nossa intimidade. Na verdade, o "dia" se reduziu a mais ou menos uma hora, tal como eu havia calculado. Alicia diz que é algo novo e que, portanto, é preciso ajustar alguns detalhes (ou, nas suas palavras, "azeitar um pouco as coisas"; eu acho que ainda falta muito para azeitar as coisas). O panorama segue sem mudanças, sempre com o circunstancial substituindo o essencial, sempre vivendo em função de pequenas estupidezes sem sentido, e deixando passar a vida ao longe; os outros que se ocupem de viver. Agora vou tomar meu antidepressivo.

15 DE DEZEMBRO

E assim vão as coisas. Não sei mais o que dizer. Assim vão as coisas. (Me vem à mente o título de um romance de Saul Bellow: *Dangling man* [Homem em suspenso]. Também estou em uma espécie de suspensão, não pendurado, sem que meus pés toquem no chão, é mais no sentido de "pontos suspensivos". Pausa, demora, ficar na última sílaba da última palavra, como se a arrastasse. Também poderia dizer: "Homem entre parênteses", embora, mais exatamente, eu seria um homem depois dos primeiros parênteses, perguntando-se pelo segundo. Uma etapa provisória, de emergência e que, ainda assim, se prolonga e se prolonga no tempo, e não termina nunca de se definir. É como ir a um hotel passar dois ou três dias e ficar lá por meses e anos, sempre com as coisas dentro de uma mala ou uma bolsa, sempre deixando os incômodos acontecerem "até que chegue o momento de me assentar em um lugar".)

Ao que parece, essa situação deriva do choque de duas vontades, a de Alicia e a minha. Se eu estivesse sozinho, os parênteses teriam sido muito mais breves. Mas tenho de esperá-la, ainda que, a essa altura, pareça uma grande estupidez, pois já tenho certeza de que ela nunca vai chegar. Talvez sinta curiosidade por vê-la inventar novos truques, mas a verdade é que não tenho desculpas para essa eterna postergação de mim mesmo; salvo a preguiça, salvo a estupidez, salvo a negligência (palavra que deriva de um verbo latino que significa "olhar com indiferença") (e a in-diferença é a incapacidade de diferenciar; remete, negativamente, a uma escala de valores, estou desvalorizado perante meus próprios olhos). Como sair disso? Espero que a grafologia me ajude, já que os deuses me esqueceram.

O discurso

15 DE DEZEMBRO

Hoje me é imposto de novo, à força, o assunto do cão: porque acontece que ele desapareceu. Pelo menos, tinha desaparecido ontem à noite, e se regressou essa manhã e depois voltou a sair, não sei, pois dormi até depois do meio-dia. De qualquer maneira, não posso evitar a preocupação, e sinto sua ausência como um vazio chamativo. Já faz cerca de um ano que o cachorro alargou aquele buraco e se tornou especialista em andar pelas ruas, mas esse tipo de ausência não é habitual. Uma ou outra vez ele demorou mais e chegou à noite, mas acho que nunca ficou tanto tempo longe como agora. Por outro lado, como estamos no processo de mudança para outra casa, onde o cachorro não vai ter claramente um lugar, estávamos pensado em como nos desfazer dele, por exemplo dando-o a alguma pessoa que more longe e que possa oferecer-lhe um local, de preferência no campo. Esse assunto já estava nos provocando uma série de conflitos, porque o cachorro está muito integrado à família e todos íamos sofrer — ele e nós. Mas esse desaparecimento não resolve o problema e agita os sentimentos de culpa.

O dia em que alargou aquele buraco por conta própria e saiu para o terreno baldio, ele voltou em poucos minutos, como se quisesse comprovar que o buraco funcionava corretamente em ambas as direções, e de imediato voltou a sair, e explorou de novo com fruição olfativa cada centímetro quadrado do terreno e chafurdou nos morros, e espalhou urina para marcar seu território em vários lugares estratégicos. Esse dia, ele passou seu corpo inúmeras vezes pelo buraco, entrando e saindo. No dia seguinte, deixou o terreno baldio e foi para a rua. Em poucos dias, já atravessava a rua, de início sem consciência, correndo grandes riscos, mas depois foi aprendendo a tomar cuidado com os carros. Já é um especialista, mas qualquer um pode sofrer um acidente, em especial alguém que, como o cão, é tão dominado pelos instintos. Na casa também há um menino, Ignacio, e muitas vezes arriscou sua vida ao se lançar à rua sem olhar, preocupado com uma bola que escapou das suas mãos ou que quicou na parede e foi parar na rua; o instinto de correr atrás da bola é mais forte que todas as noções de perigo que inculcamos nele.

No caso do cão, esses riscos são muito maiores, posto que seu instinto é mais forte e sua — por assim dizer — consciência, muito mais fraca, ainda mais nestes dias, no qual o cachorro tem, por causa do cio, uma agressividade à flor da pele. Ontem de tarde, teve uma briga com um cachorrinho que passava de coleira, conduzido por uma senhora. Habitualmente, não protagoniza esse tipo de cena. Escutei o escândalo e saí em busca dele, e quando o fiz entrar em casa, ainda ficou um tempo grunhindo, como se sua raiva não tivesse se esgotado.

Nesses tempos, nós também precisamos ter cuidado com ele, ainda que nunca tenha chegado a nos morder; se fazemos algo que ele considera um ataque ou uma invasão de certa zona própria, responde de imediato com um latido violento e alguma abocanhada no ar. Também chegou a morder meu sapato uma vez, como se, ainda em meio à ação instintiva, houvesse tido uma espécie de consciência protetora em relação aos seus donos e dirigido a agressão a algo a que sabia que não podia causar dano.

Estou tremendamente entediado de falar do cão. Sinto que meu discurso se desnaturalizou por completo, que já não conserva sua forma, seu ritmo inicial, e estou escrevendo como que por rotina, de modo automático. Não me esqueço, porém, dos meus objetivos; talvez, penso, esse tédio seja necessário para capturar, de repente, em um ataque-surpresa, os verdadeiros conteúdos que continuo esperando encontrar. Não sei. Ou, talvez, para continuar escrevendo eu deva fazer uma pausa e esperar um sopro de inspiração.

O cio do cão, ao contrário do que parece acontecer com os humanos, aumenta sua inteligência. Durante meses, ele resistiu da maneira mais estúpida e incrível a aprender, ainda que tenha sido por tentativa e erro, que se entrar na casa será posto de castigo no patiozinho interior, onde fica sua casinha. Isso aconteceu várias vezes ao dia durante meses, e ainda assim não aprendera até pouco tempo atrás.

Que podia entrar, isso descobriu um dia depois que aprendeu a usar aquele buraco; para ele, foi uma grande descoberta. Conseguiu estabelecer a relação entre os dois extremos da casa, que, pelo visto, estavam desconectados na sua mente, e daí em diante a ambição da sua vida foi entrar na casa e ficar morando ali conosco. Isso não podemos permitir por vários motivos, entre eles seu costume de urinar nos cantos e nos pés dos móveis, pois não foi educado no começo da vida, e agora parece que é impossível ensinar isso a ele. Por outro lado, é muito afável com os visitantes e incapaz de reprimir as veementes manifestações de alegria que estes produzem. Salvo uma ou outra exceção, simpatiza demais com todo mundo.

Pois bem: quando descobriu que podia sair pelo buraco do fundo e entrar em seguida na casa pela porta da frente, depois de atravessar todo o terreno baldio e correr uns metros pela calçada, um novo mundo de possibilidades pareceu se abrir diante dos seus olhos. Tive de fabricar uma espécie de portinha, valendo-me de uma velha churrasqueira de ferro e uns arames, e fechar com ela o buraco da tela, pois achávamos inoportuno que o cachorro estivesse rondando a porta da frente toda hora, à espreita de entrar. Assim, pudemos durante uns meses regular o fluxo do cão conforme nossa conveniência, e tudo funcionou muito bem, ainda que não sem certo trabalho, até que, em um período de cio, ele aprendeu, não sei como, a tirar a churrasqueira; e quando esta foi reforçada por meio de certas técnicas, o cachorro descobriu que podia sair por outro lado: uns buracos mal tapados na cerca viva. De início, consegui tapar um desses buracos com uma chapa metálica que um vizinho nos emprestou, mas logo o cachorro conseguiu abrir outro buraco, já mais difícil de tapar pelo tamanho das chapas que seriam necessárias e pela abundância de plantas e arbustos, que dificultam toda ação humana. Foi assim que perdemos o controle do cachorro até que, com o fim do cio (dele ou da cadela que o estimulou), pareceu esquecer-se desse recurso. Agora se lembrou dele outra vez, e de novo perdemos o controle.

Foi em meio a essas histórias do cão entrando e saindo que apareceu o gato. Um gato branco, muito lindo, de olhos amarelo-esverdeados e uma especial elegância altiva. A primeira vez que o vi, ele estava no terreno baldio e eu tinha acabado de tirar a churrasqueira para que o cão pudesse sair. Pensei que ia se armar uma briga das boas. De fato, o cão se lançou em direção ao gato, mas o gato não se preocupou. Encarou-o e pareceu detê-lo com o olhar. Depois, saiu andando de forma tranquila e elegante, dando as costas a ele e, por algum motivo que escapa à minha compreensão, o cão ficou parado, quieto, olhando o gato sair para a rua por uma das portas derrubadas do terreno baldio. O gato não fugiu, o que teria precipitado a perseguição; simplesmente deu as costas e foi embora com toda a tranquilidade, a passo lento e despreocupado, cabeça erguida, rabo erguido. O cão, nesse momento, limitou-se a cheirar com atenção os lugares onde o gato havia estado, como um policial que obtivesse as impressões digitais para capturar o criminoso em alguma próxima oportunidade.

Exercícios

16 DE DEZEMBRO

É muito difícil não ficar assustado quando se sente que não se pode contar muito consigo mesmo. Joguei todas as minhas cartas e perdi, e não restam mais oportunidades. Repetir a aventura bonaerense? As coisas já não seriam tão fáceis (embora não tivessem sido fáceis), porque as circunstâncias não são as mesmas e porque me pesa a experiência anterior, que foi boa como experiência, mas seria terrível como repetição. Montevidéu? Exceto pelo clima, não há nada de atraente lá. Também não sei como daria um jeito de sobreviver.

Um par de dias atrás fiz uma jogada perigosa, mas agora fico feliz por isso: enviei um fax à agência que compra as palavras cruzadas pedindo um aumento. Se me der bem, contarei com um pouco de dinheiro oxigenante. Se me der mal... bom, terei de pensar em outras coisas.

Na verdade, o mais difícil de tudo é tomar a decisão drástica de me separar de Alicia. Se pudesse tomá-la, de uma maneira clara e irreversível, sei que encontraria de imediato os meios para abrir um caminho. Mas não pude tomar essa decisão. Especulo a respeito, mas algo muito forte — mais forte que o medo — ainda me mantém amarrado. Devo me aprofundar muito mais nisso. Mas temo me enganar, ou me deixar enganar por ela. Por mais que tudo esteja muito claro, ela volta a fazer algumas jogadas, certos truques, que de repente bagunçam tudo e fazem centelhas de esperança (falsas) reluzirem. E decido seguir esperando, e essa nova espera me desgasta um pouco mais, me tira mais um pouco de vida, desfaz cada vez mais os restos de autoestima, e só vai me sobrando uma lucidez inútil para contemplar, com passividade, como vou afundando de forma definitiva.

17 DE DEZEMBRO

Acho que descobri a razão por que estes exercícios que começaram como caligráficos com frequência se degeneram em outras coisas. Isso se deve, segundo minha teoria, à falta de comunicação direta com Alicia. Como eu comecei deixando estas folhas na sua mesa de cabeceira para que fosse controlando os avanços ou retrocessos na letra, isso se transformou com a maior naturalidade em um meio de comunicação. Daí vem, por exemplo, a ansiedade que me faz escrever apressado quando tenho algo importante a comunicar. Digamos que essa é uma estranha forma de vida; vive-se, e pensa-se, sempre em função de outra pessoa que, em geral, não está presente e que, em geral, nunca dá para saber com certeza quando estará. Assim se vai escrevendo essas coisas, de início tentando honestamente fazer um exercício caligráfico, mas com frequência a pessoa se transforma em uma espécie de náufrago que escreve mensagens e as joga ao mar dentro de uma garrafa. Neste caso, pode-se contar com a certeza de que toda mensagem chegará ao seu destino, mas a imagem do náufrago continua me parecendo adequada — assim como também a imagem de exilado que tenho de mim mesmo já faz um tempo, mais em Colônia que em Buenos Aires. Enfim, a questão é preencher as linhas destas folhas, tentando ter paciência, cuidando do traçado das letras.

24 DE DEZEMBRO

Agora, depois de muitos dias complicados, estou mais uma vez buscando encontrar a mim mesmo através destes exercícios. Sei que a intenção é inútil, porque "esta noite é a véspera de Natal e amanhã é Natal", como diz algum tango (e tenho a impressão de ouvir a voz de Gardel). Isso significa uma série de compromissos, invasões, ruídos incômodos, comidas insalubres ou inadequadas para a época do ano. Sempre consegui fugir dessas coisas com bastante sucesso; na maioria das vezes, dei um jeito de ficar a sós, lendo um romance policial ou escrevendo algo, e ocasionalmente recorrendo a algum amigo (em geral judeu) para passar juntos por esse mau período, comendo razoavelmente e mantendo algum diálogo razoável. Porém, hoje em dia, não sou o "artífice do meu próprio destino", como costumavam aconselhar os antigos manuais para desenvolver a personalidade, mas estou atado à vontade onipotente de uma mulher que, por sua vez, está totalmente atada às convenções sociais, uma espécie de militante da vigília, uma mulher solar (sou um homem lunar). Eu me pergunto quanto tempo mais terei de seguir tolerando essa forma de "vida", na qual se veem deslocadas, postergadas indefinidamente, esquecidas — quando não maltratadas —, as questões essenciais, profundas, verdadeiras, autênticas — as razões pelas quais fomos criados. Eu me pergunto por quanto tempo mais seguirei esperando e desesperando. Não estou em uma idade na qual possa me permitir o luxo de esperar demais — e já faz tempo demais que não me encontro comigo mesmo. Boas festas.

27 DE DEZEMBRO

Devo continuar aprofundando a ideia de independência, o que pode, conforme vão as coisas, favorecer uma separação ou consolidar o casal. De qualquer maneira, será uma ruptura do status quo atual, fonte de toda patologia. No que diz respeito à independência, nesta manhã (ou meio-dia), o Inconsciente me presenteou com um lapso. Estava nesse estado de confusão que tenho habitualmente ao me levantar e jamais poderei rastrear a cadeia de pensamentos que me ocorreu então, mas um elo dessa cadeia se referia a uma pessoa que conheço. Nesse momento, pensei, em meio a uma grande surpresa da minha parte, algo como "Mas Alicia não conhece essa pessoa", sendo que ela a conhece perfeitamente. Notei que, nesse momento, a imagem que tenho de Alicia, ou melhor, a percepção interior que tenho de Alicia, fora substituída pela da minha mãe. Essa identificação, tão perniciosa, entre Alicia e minha mãe vem ocorrendo há muito tempo (por exemplo, em algum sonho) e nunca prestei atenção suficiente nela — pois é algo que deve me incomodar muito. Mas nesta manhã isso foi imposto, e pude aceitar facilmente, e aceitar, ao mesmo tempo, que é uma ideia que vem sendo imposta há muito tempo, e da qual eu desviava, que rechaçava, para um canto da minha consciência. Esse deve ser o principal fator de perturbação no meu relacionamento com Alicia. Devo me manter alerta e continuar aprofundando o tema.

O discurso

30 DE DEZEMBRO

Aconteceram muitas coisas nesses quinze dias. Coisas demais, para quem queria ficar mais ensimesmado durante um tempo, descolado das atividades urgentes, e permitir que o discurso interior se tornasse mais claro, e permitir-se prestar a atenção necessária a esse discurso. Mas hoje, em vez do discurso, uma musiquinha ocupa minha mente e isso, para mim, é um sinal claro de não ter descansado bem. Não apenas esta noite, mas muitas noites. Por uma série de motivos.

A história do cão se tornou trágica em alguns momentos. Ele já tinha desenvolvido o costume de desaparecer de casa por muito tempo, inclusive à noite, no que chamo de "época do cio", quando, como dissera, fica maníaco e agressivo. Durante uns dias, só passava fugazmente pela casa, a alguma hora da tarde, para comer uns nacos de carne. Uma manhã, quarta-feira, dia 17, se não me engano, quando acordei perto do meio-dia, a empregada me deu a má notícia: o cachorro tinha aparecido machucado, parecia ter "algo no olho", e agora estava preso no pátio aberto. Era comovedor. Sentado na sombra em um canto do pátio, com a cabeça inclinada, expressava com todo o seu ser uma profunda depressão e, sem dúvida, dor. Bati com insistência no vidro da janela; enfim ele levantou a cabeça e me olhou com dificuldade. Foi um olhar que não quis tentar ver de novo. O olho direito parecia vazio.

Fiquei convencido de que ele tinha perdido o olho, diagnóstico confirmado mais tarde pelo veterinário, e meu mal-estar se tornou imenso. Lembrei-me de imediato de todo esse testemunho escrito a respeito do cão e da sua liberdade; lembrei-me de como fui responsável, em grande parte, pela sua liberdade, por ter dado a ele a tentação da liberdade, que ele finalmente escolheu quando decidiu alargar o buraco entre a barra e a parede. Essa liberdade acabou custando muito caro. E ainda que eu raciocinasse que, de todo modo, era melhor assim, que uma vida sem liberdade não tem o menor valor etc., não podia deixar de me sentir carcomido pela culpa. Talvez por isso, embora também por motivos práticos, tenha parado de escrever essas anotações. Eu já tinha notado, uns anos atrás, que esse tipo de escrita possui uns efeitos mágicos incontroláveis, e não posso evitar um forte sentimento supersticioso de reverência e temor, como se estivesse roubando o fogo dos deuses.

Há outras formas de escrita, podemos chamá-las de literárias, que nunca tiveram essa carga "mágica". Era a escrita inspirada, que fazia compulsivamente, que vinha predeterminada do âmago mais profundo. Por outro lado, quando tento tocar o que chamam de realidade, quando minha escrita vira atual e biográfica, resulta inevitável pôr em jogo de maneira inconsciente esses mecanismos misteriosos e muito ocultos, que, pelo visto, começam a interagir secretamente e a produzir alguns efeitos perceptíveis.

***

Agora, ainda que pareça mentira, o cão está curado. De vez em quando, ao olhar de certa maneira, nota-se um leve desvio no olho direito, mas comprovamos que esse olho enxerga, apesar de uma manchinha branca, como uma escoriação. Durante uns dias ficou com o olho cada vez mais fechado; depois, começou a abri-lo, mas do olho só aparecia algo sanguinolento e muito retorcido. Depois, durante uns vários dias, o cão foi o retrato vivo de Sartre: o olho direito aparecia inteiro e já não era mais cor de sangue, mas apontava para qualquer lado. Agora está novamente bastante igual a sempre, cheio de força e confiança em si mesmo.

Enquanto isso, da minha parte, tenho passado noites intranquilas com sonhos altamente eróticos que me deixam extenuado. Isso se complica com um eczema quase permanente e transtornos hepáticos. Cheguei a pensar, e tenho raiva de não poder sair dessa linha supersticiosa de pensamento, que esses sonhos revelam um malefício. Não me incomodam os sonhos eróticos por si só (na verdade, adoro-os), mas sim certas mulheres escolhidas como coprotagonistas. Não quero entrar em detalhes, mas acho chamativo que no primeiro sonho, com uma mulher desprezível e odiosa, atingi um orgasmo completo — ainda que, na realidade física, não correspondesse a uma verdadeira emissão de sêmen — e que, na noite seguinte, outra mulher de características parecidas interveio não exatamente em um sonho erótico, e sim em uma fantasia erótica recorrente, durante um estado entre o sonho e a vigília, como um transe hipnótico. A cena se repetia de novo e de novo, e eu acordava e voltava a dormir, mas parecia que estava acordado o tempo todo sem poder me livrar da fantasia. E, no dia seguinte, outra vez acordei esgotado e sonolento. Ontem à noite, na terceira dessas noites, não me lembro de ter sonhado com nada em especial, mas também não consegui descansar e hoje tenho na cabeça essa musiquinha que desalojou todas as formas de discurso.

No tempo desperto, vamos avançando cada vez mais rápido na mudança. O pessoal trabalhando na casa nova está finalizando as últimas tarefas urgentes, imprescindíveis (depois virão outras, várias, durante muito tempo); e a ideia de empacotar as coisas, esvaziar os móveis, de distribuir depois os móveis e as coisas de outra maneira na casa nova é algo que me esmaga. E, no meio disso tudo, as "festas".

A agência não negou o aumento que pedi pelas palavras cruzadas; cortaram diretamente o serviço. De acordo com o fax, fizeram as contas e viram que não era vantajoso para eles, nem no preço habitual. Então estou sem trabalho. Não sei o que mais me perturba, o fato em si de não ter trabalho, ou o olhar das pessoas ao meu redor que, de um modo ou outro, por gestos, por comentários, fazem com que eu me sinta como se estivesse errado, que passei a ser *suspeito*.

31 DE DEZEMBRO

Não tenho muita certeza de que não foi o gato o responsável pela quase perda de olho do cão. Depois daquela primeira vez que enxerguei o gato no terreno baldio, voltei a vê-lo uns dias depois, uma manhã na qual, por um desses acasos, tinha acordado muito cedo; eu o vi, de início, como uma mancha branca entre as plantas mais distantes do fundo, pela janela do quarto, junto à cerca viva. Quando pude aguçar mais a visão, eu me dei conta de que era ele, e fiquei surpreso que tivesse se animado a entrar nos domínios do cão. Ao abrir a porta para que o cachorro saísse para os fundos, o gato foi embora, lento, sem fugir, por um pequeno buraco entre umas chapas de lata e a terra. Com o passar dos dias, o gato foi aparecendo mais e ficando mais ousado; minha mulher o viu e, amante dos gatos como é, de imediato resolveu dar um pouco de leite em uma xícara pequena e sem asa. O gato se aproximou e tomou o leite.

Depois foi ganhando confiança e começou a exigir; já não se contentava com a xícara de leite, e ficava miando debaixo da janela da cozinha ou junto à porta de madeira com a tela. O cachorro parecia tolerar bastante bem sua presença, diante da qual demonstrava um certo respeito temeroso, mas logo começaram os problemas quando o cão descobriu que o gato também era alimentado com carne. Nesses momentos, criava coragem e se lançava sobre o gato, fazendo-o correr e tirando a comida dele.

Logo aprendi a separá-los para dar comida, o gato no fundo, o cão de novo no pátio interior onde tem sua casinha para passar as noites. Mas depois, quando o cão voltava a sair para os fundos, repassava de forma maníaca e obsessiva, com o olfato, os lugares onde o gato tinha ficado comendo, e se movia com uma celeridade de investigador ciumento, muito parecida com a fúria.

O cão logo se acostumou a agarrar sua comida entre as mandíbulas e levá-la ao terreno baldio para comer tranquilo. Essa atitude me enganou por um tempo, mas logo descobri que o cachorro deixava às vezes a comida no terreno e se ocultava entre um mato alto para espiar, do terreno e através da tela de arame, se eu estava dando comida ao gato, e, caso estivesse, ele aparecia de repente pelo buraco como uma presença ominosa e arremetia contra o gato em um golpe furioso.

Também nessa época o cão passou a se aproximar de mim e fazer muita festa quando eu saía para os fundos; chegava perto balançando o rabo, fazia olhos meigos, apoiava as patas contra minhas pernas para que eu fizesse carinho na cabeça dele. No momento em que eu o acariciava e dava uns tapinhas nas suas costas, ele virava a cabeça, com os olhos semicerrados, e encarava o gato com displicente arrogância. Não era um desejo sincero de ser mimado, mas um espetáculo montado especialmente para demonstrar a esse gato que ele, o cachorro, era meu favorito.

Nessa época o gato, para nós, ainda era "a gata". E mais: uma gata grávida. Nesses primeiros dias da sua presença nos fundos, minha mulher, que é médica e pelo visto também expert em gatos, saiu para os fundos, examinou o animal com atenção e voltou a entrar na casa com uma frase categórica: é uma gata e está grávida. Fiquei preocupado com a quantidade de gatos que teríamos de acumular em um ou dois anos, e fazia as contas do dinheiro que gastaríamos em carne; já era bastante onerosa a alimentação do cachorro e da gata. Também não gostava da ideia de uma multidão de gatos miando debaixo da janela da cozinha e exigindo, com essa insistência particular dos gatos. É verdade que quando a gata acordava de algum dos seus inumeráveis cochilos no sol, se espreguiçava e se afastava caminhando com elegância, com o rabo ondulante no alto, eu tinha a visão muito clara de umas pequenas massas perfeitamente arredondadas que assomavam entre suas patas traseiras, por baixo do orifício anal; mas, como leigo em medicina e gatos, respeitei por muito tempo a frase categórica da minha mulher e continuei dando todo o respeito à gata grávida que sua condição feminina e de mãe merecia. Também deixava que chegasse perto e se esfregasse luxuriosamente contra minhas pernas, e inclusive comecei a aplicar na sua cabeça e nos olhos uma pomada para curar uma erupção que tinha descoberto. Depois, também, minha esposa viu essas bolas e então se definiu definitivamente seu sexo.

Assim foram as coisas, com a única variante de um crescente mau humor e uma espécie de loucura no cão, razoavelmente atribuível aos ciúmes. Mais que nunca, ele se empenhou em sair sistematicamente pelo fundo para entrar na casa pela frente. Também aprendeu a abrir a porta com a tela, que não podia ser trancada quando ficava inchada de umidade, e aí podia se enfiar dentro de casa. A única coisa que o cão queria era estar dentro de casa e mostrar sua vantagem perante o gato, e como não permitíamos isso, instalava-se junto à porta da frente para receber as pessoas que chegavam e demonstrar, de forma prática, a enorme alegria que a visita provocava nele. Foram meses de trabalho intenso para mim: entre alimentar os dois animais, mantê-los separados enquanto comiam, untar o gato com a pomada, fazer carícias que autoafirmavam o cão, passar o cachorro do pátio descoberto para o dos fundos, levá-lo ao pátio descoberto quando ficava de castigo por entrar pela porta da frente — enfim, boa parte do dia e das energias ia nisso.

Não que eu não tivesse coisas importantes para fazer, entre elas meu trabalho, e mais as notas para o jornal, mas eu estava prisioneiro de um sistema ecológico.

Depois aconteceram algumas coisas que, reiteradas, me levaram a mudar de opinião a respeito do gato e da minha maneira de tratá-lo. Comecei a observar que o cão se mostrava temeroso de empurrar a porta que leva aos fundos, coisa que costumava fazer vigorosamente quando queria, ou quando o obrigávamos a sair. Agora, às vezes fazia uma tentativa tímida, mal empurrava a porta, como se não tivesse forças, e desistia, e me olhava com uma expressão contrita. Eu me dei conta de que muitas vezes o gato estava junto à porta, do lado de fora, como se aguardasse o cão para agredi-lo.

Uma tarde, eu estava acariciando o gato, e pela primeira vez este se deitou de costas e começou a brincar, como costumam fazer os gatos, pegando minha mão com as patas dianteiras. Mas depois se levantou, se esfregou várias vezes contra minhas pernas, e finalmente passou por trás e deu uma pequena mordiscada nas panturrilhas e me arranhou com as unhas. Não gostei disso, em especial porque logo depois o gato se afastou de mim, ondulando o rabo, arrogante como um vitorioso. A cena se repetiu de forma exatamente igual dias depois, e dessa vez suas unhas entraram mais fundo na minha pele e deixaram uns sulcos com gotinhas de sangue. Decidi não brincar mais com o gato traidor e comecei a olhá-lo com um rosto bravo.

E outra vez o vi aguardando com paciência, como esperando um rato sair do buraco, junto ao espaço da tela de arame por onde o cão costumava entrar. Mais tarde, ocorreu que, por acaso, voltei a vê-lo instalado no mesmo local, justo no momento em que o cachorro entrava, e com esses olhos vi como o gato dava o bote contra a parede, e ouvi o cão dar um uivo de dor. A partir desse instante, o gato acabou para mim. Parei de alimentá-lo, e quando enchia muito o saco, miando e miando sem parar debaixo da janela da cozinha, eu o punha para correr com um balde de água ou com o jato da mangueira. Fiquei preocupado em ir restabelecendo a confiança do cão em si mesmo e no carinho que sinto por ele. Fiz que notasse as diferenças: eu dava comida para ele nos fundos enquanto o gato miava inutilmente junto à janela ou à porta.

Antes disso, o gato havia começado uma investigação cautelosa, sistemática e prolixa do interior da nossa casa. Uma vez o encontrei parado junto à porta da cozinha sem pedir comida, e mantive a porta aberta, como se o convidasse a entrar. Então, decidiu-se e deu alguns passos para dentro, mas logo voltou a sair, como se fosse perseguido por um fantasma. Em poucos dias, repetiu a experiência, mas se notava que já tinha um plano em mente, porque entrou e de imediato se enfiou no quarto. Explorou-o com método, centímetro a centímetro, incluindo certos cantos estreitos atrás do armário; passou por trás das mesas de cabeceira e inspecionou debaixo da cama. Olhava tudo com uma inteligência de computador, fichando e acumulando dados. Depois, saiu lentamente para os fundos. Nos dias seguintes, continuou explorando, repetindo o percurso do quarto, porém mais rápido, como em uma comprovação superficial de dados já seguros, e penetrando cada dia mais na casa: cozinha, sala de jantar, corredor que leva à entrada...

Tal era a confiança a que havia chegado o animal pérfido quando descobri essa perfídia e suprimi seus víveres e cortesias.

Exercícios

2 DE JANEIRO DE 1991

Sigo sofrendo de diversos males, ou de um só com diversas manifestações, em especial um eczema persistente que já dura muito mais do que nas ocasiões anteriores. Também padeço de transtornos digestivos, de provável origem hepática. Por trás disso tudo, há uma origem psíquica provável. Hoje tive um sonho que me pareceu importante gravar na memória, mas pouco depois de acordar já era impossível recordá-lo. Instala-se na minha mente uma cortina, um bloqueio que se apresenta sob a forma de uma música obsessiva, e quanto maior é meu esforço para me lembrar do sonho, mais forte e rápido soa essa música. Parece-me uma manobra disso que Freud chamou de <u>superego</u>, já que a consciência deseja recordar, e o <u>id</u> é com certeza quem o produz. Por que essa repressão? Por que algo que tentou, e conseguiu, em certa medida, se tornar consciente, logo é grosseiramente forçado a submergir? (Agora que penso, isso pode ser por causa de certa habilidade que desenvolvi para interpretar meus próprios sonhos; o superego agora <u>sabe</u> dessa minha habilidade e se permite, relutante, que os conteúdos se manifestem durante o sonho através de símbolos, logo não me permite recordar esses símbolos porque sabe que provavelmente serei capaz de desentranhá-los.) (Mas, de novo, que interesse pode ter o superego em me manter ignorante de certas coisas?) Devo confessar que a explicação anterior não me convence por completo. Tudo deve ser muito mais complexo e talvez o ego consciente não seja tão alheio a manobras repressivas. É possível que o ego consciente se sinta sobrecarregado de responsabilidades provenientes do mundo exterior, e que eu realmente não tenha vontade de lidar com as coisas do mundo interior — como acontece com muita clareza, por exemplo, no caso da literatura —: cada vez que sinto o impulso para escrever um conto ou um romance, reprimo-o, pensando "se me meter nisso, vai saber se me deixarão terminar. Vão me interromper e o belo impulso ficará incompleto, frustrado e estropiado".

O discurso

2 DE JANEIRO

Se venho narrando essas coisas mais ou menos intranscendentes com todos os detalhes e a maior parcimônia, é talvez por inércia, já que nestes dias o discurso abstrato segue ausente, e em seu lugar continua essa musiquinha, às vezes mais alta e obsessiva, às vezes quase inapreensível de tão tênue e tranquila. Pelo visto, essa musiquinha tem sua origem em um mecanismo de apagamento dos sonhos. Temo muito que se trate de uma consciência dividida: eu, por um lado, que desejo recuperar o sonho, e eu, por outro lado, que não quero lidar com ele. O primeiro eu inquisitivo é meu velho eu, o de toda a vida, que se acostumou ao exercício de registrar os sonhos, de saboreá-los, de escrevê-los e inclusive de tentar interpretá-los. Tenho muitas folhas com sonhos anotados durante longos períodos da minha vida. Mas agora há um novo ego (com certeza, com muita influência do superego, mas um ego afinal), mais voltado para coisas práticas e exteriores (que chamei de "intranscendentes", talvez não com justiça, mas com raiva). Esse novo eu já possuiu meu ser, instalou-se fortemente na minha vida, sem que eu o aceite por completo (quando digo "eu" agora, estou falando do meu velho eu). Tornou-se forte e não há maneira de despejá-lo, e, por enquanto, também não encontrei o modo de conciliar ambos os eus, e fabricar com eles um só, único e forte, eu. Parece-me que se trata fundamentalmente de um problema de tempo, de falta de tempo, ou de incapacidade para localizá-los harmoniosamente no tempo.

Agora me vem de súbito a lembrança de um sonho que, esse sim, consegui conservar na memória, ao menos em parte; e talvez esse sonho expresse meu problema. Esqueci de longos pedaços do enredo: só pude manter uma parte final.

Nessa parte, eu andava pela rua com um homem que parecia amável, simpático, algo protetor. Eu me sentia confortável com ele. Ainda assim, tratava-se de um policial que, pelo jeito, tinha me capturado, e estava me levando a uma delegacia onde eu deveria realizar um trâmite. O resultado desse trâmite era incerto, e eu temia que, assim que chegasse ao local, me deteriam, ou me deixariam preso por um tempo. O policial simpático me aconselhava a aparentar tranquilidade, dissimular diante dos outros que tinha motivos para ficar nervoso ou na defensiva. Sinalizou-me uma porta e me disse que esperaria do lado de fora; por algum motivo, ele não podia entrar. Sua missão acabava ali. Eu entrava, então, sozinho, e devia passar por um lugar estreito entre a parede à minha esquerda e uma mesa de bilhar à direita; havia algumas pessoas jogando bilhar. Mais para o fundo do recinto, bastante amplo, havia um balcão, que em um lado tinha uma janelinha de recepção com barras verticais. Eu me aproximava, com medo, mas ao chegar lá notava que não havia ninguém, e que teria de esperar pacientemente para ser atendido. Nessa hora, acordei.

Sinto-me dando voltas sempre no mesmo lugar. Se não me

engano, estas anotações começavam falando mais ou menos o mesmo, ou seja, a incapacidade da minha consciência de lidar com certos conteúdos inconscientes que brigam para sair à superfície. Sem dúvida preciso de um apoio, alguém que, como no sonho, me conduza amavelmente a esse mau bocado que era a cadeia ou o trâmite difícil, onde de alguma maneira serei julgado, ou examinado com um olhar crítico. Lamentavelmente, nesta cidade não há terapeutas que possam me ajudar, o único apto (além da minha mulher, que deve ser excluída por motivos óbvios) é alguém com quem tenho um grau de amizade grande o bastante para invalidar o laço terapêutico. Pensei em curandeiras e me falaram de um homeopata; tudo bem, estou disposto a quase tudo. Mas o que preciso de fato é de um psicoterapeuta, e estes não existem aqui, e estou preso aqui por vários motivos, sem poder viajar com facilidade.

Por outro lado, a mudança para a nova casa é iminente. Esta casa que devemos deixar está, metaforicamente, caindo aos pedaços (e materialmente eu quase diria que também). Quando se sabe que é preciso abandonar um lugar para não voltar, é impossível continuar vivendo nele com conforto; por assim dizer, a pessoa já não está mais ali, mas vive se projetando, cada vez com maior força, no novo lugar onde vai morar. Se olho meus livros, é para pensar que devo guardá-los em muitas caixas; e assim por diante, com todas as coisas. Se algo se perde ou quebra, não é reposto. Se um móvel está em um local inapropriado, já não é trocado de lugar. Vivemos aqui de modo provisório, como em um hotel de passagem, especulando o tempo todo os dias e horas que faltam para nos mudarmos. E esse esforço de mudança, ainda assim, não foi aceito plenamente. Não sou capaz de me imaginar no dia da mudança, o levantar dessa cama na minha casa para dormir naquela noite na mesma cama, mas em outra casa; no meio há um esforço, uma complicação, um trabalho que parece que não consigo enfrentar.

É que ultimamente acumulei muitas mudanças. Depois de mais de trinta e cinco anos habitando o mesmo edifício, nos últimos seis já me mudei três vezes, e vou para a quarta mudança; isso sem contar as numerosas passagens por hotéis, casas de amigos e de parentes, ou uma estadia de um mês em uma casinha aqui em Colônia. São muitas mudanças para um homem que costuma se apegar extremamente aos lugares.

Exercícios

3 DE JANEIRO

Me apontaram, com inteira razão, que estes exercícios perderam por completo a intenção caligráfica, ainda que agora minha letra seja inteligível, ou seja, em certo sentido estão cumprindo sua função. Mas hoje tento, então, tomar o maior cuidado possível no traço das letras. Dediquemos este exercício de hoje ao cultivo da paciência na escrita, da atenção no que desenho e não no que busco dizer. Agora, porém, vou me arriscar a algo muito difícil: tentarei fazer um relato de um sonho recente, sem perder de vista o cuidado com minha tarefa caligráfica.

Perto da hora de acordar, hoje, tive o terceiro de uma série de sonhos eróticos de características similares; a partir do primeiro, tive a impressão de ter sido alvo de feitiçaria. Ao contrário do primeiro, o segundo sonho não se referiu a um ato sexual completo, e sim a uma cena erótica que se repetia de novo e de novo a noite toda, em um estado semiadormecido, ou semiacordado, ou de transe hipnótico. O sonho de hoje é como a continuação cada vez mais atenuada da série, e pode-se dizer que é um sonho normal, que não tem em si elementos que levem a pensar em malefícios; mas pertence à série por aparecerem nele, como nos outros, mulheres desvalorizadas. A do segundo sonho tinha elementos de atração, mas também de repulsa. E a de hoje, igual, embora se trate de uma mulher que foi atraente até alguns anos atrás, e com quem é possível ter uma boa troca intelectual. Acho que na série — bruxaria à parte — mostra-se um processo em relação à anima (ver Jung), e à medida que esse processo avança vou me sentindo um pouco melhor, física e espiritualmente.

6 DE JANEIRO

Os Reis Magos não me trouxeram porra nenhuma. Terei de me ajeitar sozinho na vida. (Essa frase esconde, por trás da sua aparência tosca, uma profunda verdade.)

Ontem à noite tive um sonho do que agora já é inegavelmente uma verdadeira série — a série de sonhos com grupos de pessoas desconhecidas. O primeiro foi em Buenos Aires; os demais, dois ou três, aqui em Colônia. Acho que todos eles se referem, entre outras coisas, é claro, ao fato real de que vivo entre estranhos, como em um exílio.

Tratava-se de uma excursão. Saíamos de certo lugar, e me apresentavam a uma jovem desconhecida chamada Cristina. Logo, junto a várias pessoas, nós nos deslocávamos em uma carruagem levada por um cavalo. A única pessoa que eu conhecia de todas as que viajavam (sete, oito ou mais) era Jorge, um colega de Alicia, e ele parecia ser um convidado especial nessa viagem. Daí em diante, eu tinha um papel secundário no sonho, como em último plano. Todos pareciam ter um propósito definido, que eu ignorava.

(SEGUNDA FOLHA)

Eu mesmo ficava nesse segundo plano, sem questionar, deixando-me levar e cumprindo, além disso, um papel protetor em relação à tal Cristina, que por momentos parecia muito jovem, quase uma menina.

O grupo tinha o formato típico dos grupos de homens sozinhos; reunidos por um propósito comum, não sei qual, comunicavam-se entre eles e ignoravam as mulheres, que logo, ao chegarem no destino, apareciam como meras serviçais. Eu agia como nexo entre o grupo de homens e, através de Cristina, o das mulheres.

Por fim, chegávamos ao portão de uma casa de campo ou fazenda; na porta, éramos recebidos pelo dono da casa, um velho com muita pinta de cacique, caudilho ou chefe da máfia. Durante a viagem, mencionava-se concretamente a cidade de Colônia.

Na rua, umas mulheres preparavam mesas longas, como para um banquete. A luz era noturna. Entramos na casa, grande, antiga e de circulação complexa. Logo eu perdia de vista o grupo de homens. E Cristina também. Dava algumas voltas, e ao final os encontrava em uma grande peça que parecia um estúdio de rádio ou de gravações, e via a todos por trás de um vidro fazendo uma reportagem entrevistando Jorge, que aparentava ser a "estrela" da reunião. Cristina aparecia de fora e batia no vidro da porta exterior, muito sonoramente. Eu fazia sinais para que não fizesse barulho, por causa da gravação, e saía dali para caminhar junto com ela.

O discurso

6 DE JANEIRO

Há várias coisas inúteis que são imprescindíveis para a alma. Diria mais: só as coisas inúteis são imprescindíveis para a alma (ainda que nem *todas* elas). Mas não digo isso para não cair em um extremismo do qual logo me arrependerei. Esses extremismos são produto das circunstâncias, da minha rebeldia diante das circunstâncias. Por estar condicionado pelo utilitarismo, minha defesa das coisas inúteis se torna muito veemente. Perco o equilíbrio e o bom critério.

Essas reflexões foram geradas, sem dúvida, porque estou mais uma vez sozinho em casa (e é domingo). Amo esses finais de semana nos quais posso estar só, ainda que deplore a brevidade desse tempo em solidão. Não quero dizer que gostaria de morar sozinho: na verdade, desejaria viver em meio a pessoas que respeitassem minha solidão, minha necessidade de silêncio, de divagação. Minha mulher está aprendendo a fazer isso, mas em uma medida que ainda não está boa o suficiente para mim; desejaria que ela mesma se submetesse a esse mundo, *ideologicamente*, por assim dizer, e que alguma vez chegasse a desfrutar da paz e do silêncio como eu os desfruto.

Esta manhã, ao acordar sozinho em casa, num grande silêncio, numa grande paz, me entreguei a uma coleção de inutilidades, dessas que são gratas à alma. Enquanto tomava café da manhã, li algumas cartas de Dylan Thomas; em uma delas, da sua juventude, dizia que não podia considerar belo nada que fosse efêmero; que a beleza é questão de eternidade. Não concordei, pois não posso pensar em nada que não seja efêmero. Até as formas puras precisam de uma mente efêmera para existir. A beleza está na mente, não nas coisas; e as formas puras só existem na mente.

Depois coloquei uma fita ao acaso para tocar e a primeira coisa que escutei foi uma versão — por uma orquestra que desconhecia — de uma música popularizada havia muitos anos pela orquestra de Enrique Rodríguez (algo como "Noites de Hungria" ou "Amor em Istambul"). Isso me provocou uma sensação deliciosa, e de imediato veio a imagem de um grande galpão ou um depósito que vi com minha mulher, dias atrás, em uma prainha perto do hipódromo; uma velha construção cheia de vidro. Naquele momento, desejei ter uma câmera fotográfica para retratar essa paisagem de vidros (alguns inteiros, muitos quebrados) na luz especial do pôr do sol. E, além desses vidros, havia máquinas e bobinas abandonadas entre mato e grama. Delicioso: me gera um prazer quase erótico a contemplação de certas ruínas, de casas abandonadas, de casas demolidas, sobretudo quando são invadidas pela vegetação.

Recordo agora de uma casa em Pan de Azúcar, abandonada, ou melhor, sem ser terminada, quase um esqueleto de casa; talvez tenha sido abandonada antes de concluírem a construção. Através do buraco de uma janela saía um galho de uma árvore que cresceu dentro dela. Diga o que quiser Dylan Thomas, isso é beleza para mim. Como é beleza, e constituiu, segundo acredito, minha primeira vivência místico-religiosa autêntica, a contemplação — nesse mesmo caminho que leva de Piriápolis a Pan de Azúcar — de uma igreja abandonada, caindo aos pedaços, com um horrível cristo de madeira sobre o portal (depois me contaram que esse cristo chegou à costa flutuando nas ondas do mar).

A orquestra de Enrique Rodríguez é algo parecido com tudo isso. Quando eu regressava com minha mulher de uma longa viagem de carro, durante um bom tempo fomos acompanhados por um programa de rádio dedicado justamente a Enrique Rodríguez. Foi algo maravilhoso, só atrapalhado pela impossibilidade de compartilhá-lo com minha mulher, concentrada no volante e muito incomodada por se ver obrigada a escutar tal porcaria.

Posso apreciar Bach e Vivaldi tanto como ela, e sei distinguir entre Bach, Vivaldi e Enrique Rodríguez. Mas, nesse momento, não podia explicar que essa orquestra é, para mim, algo similar à contemplação de ruínas invadidas pela vegetação. Não pelo tempo transcorrido, embora, de certa forma, o tempo acentue o efeito, e sim porque, nesse caso específico, a intenção original de Enrique Rodríguez já era, na sua época, uma ruína invadida pela vegetação. Isso é o que sua música me diz e o que hoje, depois do café da manhã, somou-se à minha discussão secreta com Dylan Thomas e à lembrança do pôr do sol na prainha próxima ao hipódromo. E foi assim que resgatei uma parte essencial de mim mesmo, perdida em meio ao fragor desses últimos anos.

As pessoas acreditam, de maneira quase unânime, que o que me interessa é escrever. O que me interessa é recordar, no antigo sentido da palavra (= despertar). Ignoro se recordar tem relação com o coração, como a palavra *cordial*, mas gostaria que sim.

As pessoas inclusive costumam me dizer: "Aí está um argumento para um dos seus romances", como se eu andasse pescando enredos para romances, e não à pesca de mim mesmo. Se escrevo é para recordar, para despertar a alma adormecida, para reavivar o cérebro e descobrir seus caminhos secretos; minhas narrativas são, em sua maioria, pedaços da memória da alma, e não invenções.

A alma tem sua própria percepção e nela vivem coisas da nossa vigília, mas também coisas particulares e exclusivas dela, pois participa de um conhecimento universal de ordem superior, à qual nossa consciência não tem acesso direto. De modo que a visão da alma, das coisas que acontecem dentro e fora de nós, é muito mais completa do que pode perceber o eu, que é tão estreito e limitado.

Hoje recuperei esses diferentes tipos de ruínas, e sei que com isso a alma está me dizendo que *eu sou essas ruínas*. Minha contemplação quase erótica das ruínas é uma contemplação narcisista. E se de um lado tem um preço, essa autocontemplação é prazerosa, ainda que a visão seja triste. Eu me olho no espelho e vejo alguém de quem não gosto nem um pouco, mas é alguém em quem posso confiar. O mesmo ocorre com essas contemplações interiores: não importa se eu enxergo um retrato feio, desde que seja autêntico.

Claro que não sei até onde minha alma é minha; é mais como se eu pertencesse à alma e essa alma não se encontrasse, como aponta mais de um filósofo, necessariamente dentro de mim. É apenas algo que não conheço; o *eu* não passa de uma parte modificada, em função de certa consciência prática, de um vasto mar que me transcende e sem dúvida não me pertence; uma espécie surgida, ou emergente, de um vasto mar de ácidos nucleicos. Mas o que há por trás, qual é o impulso que se expressa através do ácido? Esse desejo, essa curiosidade, essa voracidade subjacente nas partículas materiais.

Não tenho, na verdade não tenho mais, curiosidade em saber as respostas; hoje me bastam as perguntas — ou talvez nem precise das perguntas. O discurso hoje tomou essa forma justamente pelas minhas carências, porque vislumbrei durante uns instantes esses fragmentos de memória, memória da alma, e me recordei por uns instantes, e o resto da minha vida, fora desses instantes, se torna, por contraste, ainda mais insubstancial.

9 DE JANEIRO

Irrompe um sonho no discurso vazio:

Estou em uma cama, em um quarto amplo, com duas mulheres. Uma delas é minha mulher, deitada à minha esquerda, com os pés na direção da minha cabeça. À minha direita, e na mesma direção que eu, está X (que conheci faz muitos anos, e hoje já é velha; no sonho, aparecia jovem). Entre os três flui um desejo sexual vivo e alegre, embora minha mulher se mantenha um pouco distante; não desaprova; espera, com um sorriso, que chegue sua vez. O quarto, ainda assim, está muito exposto a olhares externos, com um janelão à direita e portas grandes de vidro à esquerda; e, nesse momento, aparece Ignacio, que para na porta e entra. Eu o tiro dali e fecho a porta, e também começo a fechar cortinas e baixar persianas para nos isolarmos de todo tipo de olhares, tanto do lado esquerdo quanto do direito. Volto ao meu lugar na cama e X descobre seus peitos para que sejam acariciados. Nesse momento, há uma mudança fugaz de cena; estamos em uma praia e minha mulher exclama um nome famoso (alguém que foi famoso em nível popular faz muitos anos, hoje com certeza esquecido, um músico popular ou cantor). Levanto a vista e vejo um homem de óculos escuros se aproximar para nos cumprimentar. X e eu nos sentimos muito incomodados pela interrupção, enquanto minha mulher parece considerar muito importante essa presença, o bastante para interromper nosso jogo. Finalmente, X se vira de costas para mim, em uma atitude de abandono, e eu deixo de me preocupar com o que pode acontecer ao nosso redor e me dedico a acariciar seus peitos, grudando meu corpo contra o seu. Aí a cena se desvanece, mas como se entrasse em um sonho mais profundo, mais do que como se eu acordasse.

Em outra parte do sonho, estou literalmente "cortando o cordão". Não sei em que momento, nem com que finalidade, eu tinha juntado uns cordões muito longos, formando um só que atravessava a rua e entrava em um edifício; ao que parece, já tinha cumprido sua função e eu deveria cortá-lo, e para isso busco uma faca (serrilhada, como as de cozinha). Ao uni-lo, por uma necessidade urgente (sei lá qual) eu havia cometido algo parecido com um delito, pegando um cordão que estava pendurado em um mastro de bandeira em um edifício público, talvez uma escola. Está amanhecendo e temo que me descubram, de modo que me apresso, todo nervoso, para buscar o lugar da união dos cordões para cortá-la. Não sei se chego a cortar ou não, mas de toda maneira continuo com a outra parte do cordão, que entra no edifício; atravesso uma porta metálica e me encontro dentro de algo que é como um clube esportivo. Ignacio está outra vez ali, com outras crianças, e um professor mais velho que está dizendo alguma coisa em tom de repreensão. Antes de abrir a porta e ver essa cena, eu tinha ouvido a voz de Ignacio, que falava meu nome; estava contando uma história a meu respeito. Quando me vê, muda o que estava contando para outra história mais inofensiva; faz isso de modo que fica clara essa mudança. Quando o professor o reprreende, eu enfatizo o que ele diz, apoiando-o.

O cordão termina na mão de um garoto. Ao que parece, puxei muito forte o cordão, e a mão do garoto, que na verdade era uma prótese, saiu do lugar. Fica à vista um coto, com algo de couro que o cerca, e uma ponta, como de um parafuso, onde ele encaixava a mão. O garoto me repreende por ter tirado sua mão do lugar, e digo que preciso resgatar urgentemente essa ponta do cordão. Ignoro a mão e tento desatar o cordão que estava atado com força ao redor do punho do garoto. Penso vagamente que logo o ajudarei a pôr a mão no lugar.

Exercícios

12 DE JANEIRO

Insisto em tentar disciplinar aquelas coisas que, como estes exercícios, podem me dar uma certa estrutura em meio ao caos pré-mudança. Mas, para que essa disciplina seja útil de fato, deve ser um exercício fundamentalmente do desenho da letra, sem me deixar levar pelos conteúdos do discurso. Devo procurar uma letra maior, e, é claro, perfeitamente legível. Respiro fundo para acalmar a ansiedade, sem pensar em tudo o que devo fazer depois — porém, como realmente não posso deixar de pensar nisso, mais vale escrever. Devo empacotar os livros, ou melhor, formar pilhas harmoniosas e amarrá-las com barbante. Também devo ver um número considerável de vídeos, parte deles em relação a um trabalho que peguei, e parte para aproveitar o dinheiro gasto no aluguel de um aparelho de videocassete. Devo me ocupar de outros detalhes em relação à mudança, que neste momento não estão muito claros para mim, embora já devessem estar; devo, pois, pensar neles e fazer uma lista. Também devo me ocupar de entrar oficialmente no ano de 1991, botando em dia minha agenda — e devo comprar uma agenda deste ano. Logo devo, ou deveria, me ocupar de preparar a publicação, ou a tentativa de publicação, de certos livros meus. Como se percebe, me falta tempo; então opto por ignorar tudo e jogar no computador.

13 DE JANEIRO

O exercício caligráfico de ontem me ajudou, sem dúvida, a me centrar um pouco mais nas minhas coisas, e inclusive pude começar, sem desespero, o trabalho de organizar e amarrar os livros. Neste momento, estou escrevendo com muito incômodo, porque dos livros se soltaram uns nacos de tinta e reboque que, por sua vez, tinham se soltado da parede, e foram se acumulando sobre os livros durante um longo tempo, e muitos desses pequenos pedaços ficaram debaixo do papel onde escrevo, dificultando a tarefa e me irritando. Não sei por que não limpei a capa da escrivaninha (acho que não se chama capa e sim tampa). Também não sei por que não faço isso agora. Continuo escrevendo.

B B B B B B B B B Bom, outra vez esqueci como se escreve o B. O problema é que esqueço por onde começar o desenho e, se não sai de forma espontânea, não consigo lembrar só pensando. Existe algum truque que não sou capaz de descobrir.

Tenho consciência de que a letra não está saindo bem. Escrevo de maneira rápida e nervosa. A carga de estresse e ansiedade por causa da mudança é muito elevada. Devo continuar amarrando os livros e fazer muitas outras coisas. Não tenho vontade. Não quero me mudar. Estou de saco cheio de mudanças. Mas são necessárias, pois foi o que as forças supremas decidiram.

15 DE JANEIRO

Apesar das circunstâncias, que tornam estes exercícios uma tarefa improcedente, submerjo neles em busca do meu centro, que não devo encontrar, é claro, mas pelo menos busco me aproximar. Noto que comecei de cara com uma letra grande, ainda que não seja bela, mas não é de todo feia. Talvez seja por causa do pouco de vinho que tomei no almoço. Noto também que o z é uma letra que não sai bem; não a dominei, talvez porque seja dureza escrever sem levantar o lápis. Vejamos: dureza, dureza, dureza... essa é a forma correta e acho que só se pode obtê-la desenhando o palito depois de escrever a palavra toda, como o ponto do i ou o palito do t, voltando para trás e revisando a palavra escrita para ver o que falta em termo de acréscimos. É uma falha grave da letra manuscrita do nosso idioma, isso de que não pode se escrever sem levantar o lápis; ainda que, talvez, em outros idiomas as coisas sejam ainda piores. Mas, voltemos ao z: se tento escrever a palavra em um só traço, fica uma porcaria. Devo me lembrar então de deixar esse palito para traçá-lo ao final. E agora chego ao fim da folha sem ter conseguido um centro, nem nada parecido com isso, embora satisfeito que a letra tenha saído grande e legível.

4 DE FEVEREIRO

Tento reinstaurar um hábito positivo. É quase tão difícil como abandonar um hábito negativo. Ainda estou paralisado em muitos aspectos por causa da mudança e suas sequelas. Em meio ao caos destes dias, em meio a uma luta frenética e sem descanso para buscar e tentar obter um pouco de ordem, eu não tinha nem espaço, nem tempo, nem disponibilidade mental para outro tipo de trabalho. Hoje as coisas ainda não encontraram seu lugar definitivo e tem muita, mas muita coisa a fazer na casa nova; mas algum tipo de ordem se obteve, pelo menos em termos espaciais. O tempo segue desordenado, desestruturado, e sinto que a falta de estrutura do meu tempo exerce um efeito similar no <u>eu</u>. É difícil me encontrar comigo mesmo, não mais em um sentido profundo, e sim também nas pequenas coisas e nos pequenos gestos cotidianos. Uma pessoa é uma pessoa, mas também é seu entorno; o si mesmo se prolonga e se projeta no entorno, e um desajuste deste último desajusta toda a psique.

Tento, pois, recomeçar aquele velho trabalho sobre minha letra para tentar me resgatar cada vez mais amplamente. Imagino que o cultivo desse hábito, mais que o de outros hábitos positivos que irei incorporando nos dias consecutivos, me dará um ritmo, uma pauta, uma base sobre a qual edificar minha maneira de viver nesta nova casa e neste novo tempo que iniciamos com ela.

TERCEIRA PARTE

Exercícios

18 DE FEVEREIRO

Hoje retomo estes exercícios, em uma tentativa vã de reunir meus pedaços flutuantes. Mas percebo que esta caneta não é adequada para o tipo de papel, pois a tinta tende a escorrer. Pego, então, a Bic, e essas mudanças na minha rotina já são um índice claro de fragmentação. Há tantas, mas tantas coisas que precisam ser ordenadas (ou melhor, organizadas) — na nova casa, em mim mesmo, nos que estão ao me redor — que me sinto sobrepujado. E há uma viagem iminente a Montevidéu, e provavelmente daí a Maldonado, o que contribui em grande medida para acentuar toda a desorganização. Acho simplesmente que não posso nem devo fazer essa viagem, que o preço a pagar por ela (o preço psíquico) é alto demais; no entanto, é inevitável, e o preço de não realizá-la seria ainda maior. É uma dessas situações esquizofrênicas, que Laing denomina "de xeque-mate". (Só uma mãe para criar esse tipo de situação. Ela diz que seu quadril quebrou porque um vento a empurrou, e é no que acredita; mas eu tenho certeza de que o vento vinha do seu inconsciente, uma última e desesperada tentativa de que eu estivesse ao seu lado.) Nestes dias, percebo mais que nunca o peso da fatalidade. Minha falta de liberdade é absoluta, de um modo improdutivo, lamentável. Isso me gera uma ansiedade impossível de controlar. Meu corpo se deforma cada dia mais, ganhando quilos. E fumo sem parar e sem prazer.

Não encontro, realmente, a forma de encarar isso tudo, enquanto meu escritório transborda de coisas por fazer, e há coisas a fazer para mim mesmo, coisas que necessito fazer por prazer, por necessidade de me dar uma identidade, para subsistir e para existir — e não posso realizá-las, não posso sequer criar o ambiente necessário para isso.

15 DE MARÇO

Este exercício é como um galhinho no qual tento me segurar depois de ter caído em um precipício. Nunca antes me vi em uma situação tão desesperadora, apesar de que muitas vezes estive em situações bastante difíceis. Mas ao menos tinha uma confiança de fundo, "mágica", que me sustentava; havia em mim uma presença secreta, misteriosa, uma espécie de anjo protetor. Havia de fundo uma espécie de confiança oculta e retorcida em mim mesmo, e uma confiança mais oculta e mais retorcida em Deus. Essa confiança sempre me levou para a frente. Agora sinto que fiquei sem chão, que minha mente está fragmentada, que fui invadido por uma paralisia psíquica — que pouco a pouco também vai virando física. Não há <u>nada</u> no presente que signifique alegria, nem por um instante; não há paz nem sossego, não há sonhos para recordar — como se o espírito fosse um campo árido, um deserto. E não há o menor vislumbre de um futuro, de nenhum futuro desejável. Tudo é um precipitar dos dias, das semanas, dos meses e dos anos, vertiginosamente, sem marcas, vazios por completo de conteúdos, rumo à morte como única certeza. Dia a dia, desde muito tempo atrás, só posso observar passivamente os progressos da minha ruína.

Tudo isso é muito abstrato, eu sei, e não é porque não sou capaz de tornar concreto, e sim porque estou cansado de fazer e não quero me repetir. Isto é um exercício caligráfico e nada mais. Não faz sentido se preocupar em dar a ele um conteúdo mais preciso. Só encher uma folha de papel com minha escrita.

17 DE MARÇO

É preciso, ainda que difícil, instaurar formas de disciplina; este exercício é sempre o primeiro passo na tentativa que, em geral, não avança. Ainda assim, insisto em começar por este exercício, entre outras coisas porque é o mais simples, pois não exige outros elementos além de uma esferográfica e uma folha de papel; todo o resto — qualquer coisa que eu queira realizar — significa empreender primeiro uma busca pelos elementos apropriados, o que me desanima já de início. Por outro lado, o exercício caligráfico pode ser feito em qualquer lugar, mas não é fácil para mim encontrar um lugar apropriado nesta casa, já que cada um dos lugares possíveis pode apresentar inconvenientes muito sérios. Por exemplo, agora estou sentado à minha escrivaninha, junto ao quarto do andar de cima; este lugar só pode ser utilizado em um dia como o de hoje, em que corre uma brisa fresca. Durante a maior parte de todos os outros dias costuma fazer uma temperatura insuportável por causa de um teto de zinco que não tem bom isolamento. Além disso, este lugar é muito pequeno e não posso acomodar minhas coisas aqui; inclusive agora estou escrevendo incomodado por uma quantidade de papéis e outros objetos que estão sobre a escrivaninha, e não posso colocá-los em outro lugar por falta de espaço e de móveis adequados. Minha letra não é boa por muitos motivos, entre outros pela falta de prática; mas também me sinto estorvado e perturbado pela desordem da escrivaninha. Outras tarefas simples viram pesadelos, pois devo reunir elementos dispersos no quarto dos fundos, onde também estão amontoados de maneira incômoda, e onde, além disso, sou perturbado por um clima atmosférico desagradável.

18 DE MARÇO

Enfim, dois dias seguidos de exercícios. Além disso, hoje pude realizar algumas coisas dentro e fora de casa, ainda que continue o grande problema da falta de um lugar de trabalho para mim, e na manhã de hoje o zumbido da subestação de eletricidade próxima chegou a um grau incrível — me acordou e me torturou durante longo tempo, até que consegui me levantar; abaixo, o zumbido ocupava a casa toda, exceto o quarto de Ignacio. Definitivamente terei de optar por me mudar para esse quarto durante um tempo, enquanto se constrói um lugar para mim. Ignacio não gosta da ideia, mas terá de aceitar.

Ignacio fica mais difícil a cada dia. Acho que há vários motivos para isso, entre eles a ausência quase permanente da sua mãe, a falta de autoridade da empregada, e o fato de que possui uma chave de casa, e um quarto virado para a rua, a rua onde sofre a tentação permanente dos seus amigos. Hoje o ameacei de mudar seu quarto para a pecinha no fundo, o que o manteria distante da tentação da rua e permitiria que nós (ou melhor, eu) pudéssemos controlá-lo melhor. Mas é uma medida bastante cruel, já que essa pecinha é desagradavelmente inóspita. No entanto, é uma ideia a ter em conta, caso as coisas não melhorem e ele não seja capaz de ter um mínimo autocontrole. Continua sendo como um animalzinho que não conhece nenhuma regra moral e age sempre de acordo com seus impulsos e com o que acredita ser sua própria conveniência. Durante um tempo, teve uma conduta mais adequada, mas a partir da mudança, e da chegada dessa empregada nova, retrocedeu muito e com muita rapidez. Espero poder encontrar estratégias adequadas para fazê-lo tomar jeito, mas estou muito cansado.

19 DE MARÇO

Terceiro dia consecutivo de exercícios caligráficos. Isso é como uma pequena luz que brilha na escuridão (da minha mente). Vejo, além disso, satisfeito, que a letra está saindo mais uniforme. Um pouco pequena; vou deixá-la um pouco maior, ainda que, na verdade, prefira não forçar demais as coisas, para permitir que meu ser se expresse como puder, ainda que às custas da caligrafia propriamente dita e dos efeitos terapêuticos esperados. O importante agora é sair do estado catatônico; não importa que a saída não seja elegante. A única coisa que peço a mim mesmo, a única que comecei a pedir e até a exigir, é a ação; tanto a ação deste tipo — escrever modestamente duas folhas — como a saída ao mundo exterior, ainda que seja caminhar duas ou três quadras para comprar cigarros. Devo lutar contra as fobias e a imobilidade, a passividade, sobretudo porque detrás dessa passividade se esconde uma poderosa força destrutiva. Seria preferível que quebrasse objetos, que fizesse qualquer coisa em vez de continuar em um estado insensato de espera, durante o qual *nada* vai se resolver, e vou seguir acumulando frustração e raiva. A raiva já não está dirigida a ninguém em particular, exceto, creio, a mim mesmo. Se, por um lado, as circunstâncias são um acúmulo de desastres e de situações desagradáveis, minha má resposta a estas — lenta, desajeitada, insegura — só consegue agravar essas circunstâncias e complicar ainda mais a possibilidade de soluções.

20 DE MARÇO

Quarto dia consecutivo de exercícios. Embora esteja instalado no meio do zumbido enlouquecedor das máquinas vizinhas, tento seguir a orientação que Alicia me deu hoje ao despertar. Curiosamente, essa orientação vem das minhas próprias palavras, escritas durante os exercícios de ontem, que ela leu antes de dormir ou talvez já semiadormecida. Eu dizia que minha resposta aos problemas não era a correta e que deveria tentar mudar essa resposta. Alicia me disse o mesmo esta manhã, e acrescentou algumas coisas práticas da sua própria lavra. Com certeza não se lembra do que leu ontem à noite do meu exercício.

Tenho boa vontade, mas o problema do zumbido — que vem a agravar ou multiplicar os padecimentos de muitos outros problemas surgidos com a mudança, como por exemplo o calor, a falta de defesas diante do calor, e a falta de espaço — se torna cada dia mais intolerável. Neste momento, o zumbido ganhou em intensidade de modo assombroso; desafia inclusive os ruídos da rua. E se localiza no próprio centro do meu local de trabalho, e o invade e cresce, e não ajuda fechar portas e janelas; agora o sinto em forma de vibrações, com a sola dos pés apoiada — de sapato, ainda por cima — sobre o piso de madeira. É como uma massagem vibratória enlouquecedora. Minha boa vontade não dá conta; estou desesperado para sair deste lugar, apresso minha escrita o máximo que posso para terminar de uma vez a folha e sair correndo. SOCORRO.

21 DE MARÇO

Quinto dia consecutivo de exercícios; por sorte, já parece um hábito. Claro que ainda está muito distante de ser um exercício caligráfico feito com dedicação e esmero; mas não devemos nos apressar. (Hoje li uma frase de Rilke que é monumental: diz algo como "a realidade é uma coisa distante que se aproxima com lentidão infinita de quem tem paciência".) (Tenhamos paciência, pois, e esperemos que essa coisa distante se aproxime.)

(Contudo, poucas coisas conspiram mais contra a paciência, e por conseguinte contra a realidade, do que esse zumbido constante que não me deixa dormir, pensar, observar; a isso se soma um clima tempestuoso interminável, pesado, úmido, com baixa pressão — há uma tempestade se formando faz dias e não cai nunca —; tensiona os nervos e estropia a vida. Por um tempo, em alguns dias, caiu uma chuva tênue, apática, monótona; o que faz falta é um estouro violento, raios, trovões, ventos, fúria dos elementos que descarreguem, esgotem esse acúmulo de eletricidade estática que a terra, as pessoas e as coisas recebem.)

Contudo, cada vez mais me deixo levar pelo meu afã narrativo e esqueço a letra. Agora tomo mais cuidado, ainda que a mão, nervosa, se apresse a traçar seus desenhos sem dar maior tempo de reflexão ao pensamento. Agora, o zumbido não se escuta; e a peça onde trabalho está razoavelmente fresca. Mas Alicia está me chamando.

23 DE MARÇO

Ontem pulei os exercícios. Hoje resolvo retomá-los, apesar das condições climáticas, ainda piores que as de ontem — mas, neste momento, não há zumbido perceptível, exceto o dos meus próprios ouvidos, um zumbido gritante que percebo com frequência dentro da minha cabeça quando estou precisando de descanso. Quanto ao descanso, desde que começou o zumbido proveniente da subestação vizinha, ele se tornou bastante difícil e irregular. Isso me deixa sumamente irritável e mal-humorado, apático e incapaz de realizar as coisas mais simples. Também tive de me conformar com dormir quando dá, assim que algum lugar livre de zumbido fica, por sua vez, livre de pessoas. Tudo isso é muito prejudicial para a saúde. Meu principal refúgio é a leitura, a maior parte de livros que já li várias vezes. A leitura permite que eu me isole um pouco do zumbido e evite a percepção do meu próprio mal-estar; também devo me isolar do rebuliço e da desordem desta casa que, graças, entre outras coisas, ao meu pobre estado de ânimo, não pôde ser minimamente organizada, e os outros que moram ou trabalham aqui também não a ajeitaram. Ontem à noite sonhei que vivia e dormia em um ônibus intermunicipal, o que não é uma imagem ruim da minha instabilidade, da insegurança que essa situação me provoca. E agora vem a Semana Santa, ou do Turismo, e logo toda a atividade do país fica paralisada, de modo que a busca por soluções também entra em recesso.

25 DE MARÇO

Hoje é um dia estranho, em muitos sentidos. Por exemplo, o clima atmosférico, muito alvoroçado e instável, como se coexistissem o verão e o outono; faz frio e calor, diferentes pressões, todas as coisas que desconcertam o corpo e produzem um mal--estar indefinido. Por outro lado, hoje acordei com a notícia de que um assassinato foi cometido em Colônia, em um dos locais amáveis que costumamos frequentar. Uma coisa é o assassinato em um romance policial, e outra é na chamada vida real. Não me agrada a ideia de estar vivendo em uma cidade pequena e que se supõe tranquila, muito desprotegida, com um assassino à solta. Ou com vários, já que a vítima é uma mulher e há uma suspeita de estupro. Outro dos motivos que tornam esse dia estranho é a notícia de que provavelmente um livro meu será publicado na Bélgica, e mais estranho ainda é saber que talvez paguem um interessante adiantamento pelos direitos.

Por sua vez, o clima, se algum dia se estabilizar em um outono razoavelmente normal, deixa entrever a possibilidade de que eu possa ir retomando meu trabalho, ainda antes de realizar na casa as mudanças projetadas para que eu tenha um local único onde reunir minhas coisas. Ao desaparecer o calor acachapante, as forças físicas e a vontade irão ganhando maior força e me permitirão vencer as dificuldades e incômodos da falta de um espaço próprio.

26 DE MARÇO

O clima (atmosférico) de hoje é muito propício para o trabalho. Tem um ar fresco — às vezes fresco demais — e não há essa mescla de estações e temperaturas e pressões que havia ontem. Por outro lado, a empresa de energia UTE parece ter resolvido (ainda que não de maneira absoluta e definitiva) o problema do zumbido, de modo que outro dos fatores paralisantes foi eliminado. Agora, resta o problema do espaço para mim, mas as providências para criá-lo estão sendo tomadas. Quanto ao zumbido, sei que estou sensibilizado e às vezes pareço escutá-lo com a mesma força de antes; basta que qualquer outro som — como o motor de um carro, moto, ou até a geladeira da casa — produza, em algum momento, uma impressão similar no ouvido, para que essa impressão se prolongue no tempo, se amplifique e se identifique, me sobressaltando, com esse zumbido permanente. Claro que o zumbido real não desapareceu por completo, e que as paredes da casa o transmitem de forma contínua; não sei se esse nível atual de zumbido sempre esteve aí e só agora eu o percebo, quando presto atenção nos lugares estratégicos, porque estou sensibilizado, ou se o problema real não foi resolvido por completo. Isso vou saber com o passar dos dias, uma vez que, ao cessar um estímulo, a sensibilização a ele vai diminuindo progressivamente até atingir os limites normais de percepção.

Neste exercício de hoje, prestei atenção para fazer uma letra legível, mas ainda estou muito distante da paciência e da capacidade de concentração necessárias para atingir o resultado a que me propus.

27 DE MARÇO

O zumbido voltou, com intensidade máxima. É algo muito curioso. Já é a segunda vez que ocorre: vêm os operários e consertam as coisas, e esse reparo dura exatamente vinte e quatro horas. Só posso comparar com o problema do ruído da geladeira da casa. Às vezes, uma chapa solta começa a vibrar com o movimento do motor, e a vibração se multiplica até se tornar intolerável, o que costuma ser um suave ronronar. Então eu vou e coloco um papelão em uma posição adequada entre a chapa solta e o corpo da geladeira, de modo a impedir os golpes. Mas depois de uns dias ou umas horas, a própria vibração vai tirando do lugar esse papelão que pus, e finalmente fica em um lugar onde não tem mais utilidade para impedir o ruído, e tudo recomeça. Ocorre-me que algo similar deve acontecer com essas máquinas da subestação; os funcionários devem aparecer e fazer uma gambiarra, não muito diferente da minha; logo, as mesmas vibrações anulam o reparo. A solução deve ser definitiva; na geladeira, bastaria colocar uns parafusos. Com essas máquinas, não sei qual é a solução, mas temos de insistir na reclamação. Não é possível viver nessas condições.

1º DE ABRIL

Agora Juan Ignacio está na aula de futebol, Alicia trabalhando, a empregada na sua casa (ou seja lá onde for; pelo menos não está aqui); agora os convidados da Semana Santa se retiraram; agora são sete e meia da noite e não há zumbido brotando das paredes, e consegui cochilar uns minutos; agora já caminhei pela praia com Alicia, e senti a deterioração do meu corpo; e tomei café da manhã e almocei e lanchei e escovei os dentes três vezes; agora está fresco, agradavelmente fresco; agora o cachorro não late e ninguém bate na porta; agora termina a jornada, ou está por terminar, para muitas pessoas; agora posso me sentar à escrivaninha e, depois de tantos dias de inatividade total, tentar de novo estes exercícios.

Já passo a me ocupar da letra com maior cuidado; desde o início fui consciente de estar fazendo uma letra feia, mas tinha vontade de escrever com rapidez o que sentia; agora posso começar a me cobrar, a pensar um pouco no traço. Acho que nunca conseguirei uma letra bem legível e ao mesmo tempo veloz; // agora acabo de ser interrompido, primeiro pelo toque da campainha, depois pelo telefone //. Espero que dentro de não muitos dias eu possa ter organizado meu lugar de trabalho e começar a sério estes exercícios e todo o resto.

3 DE ABRIL

Estou buscando e descobrindo fórmulas para sobreviver nesta estranha forma de margeação dentro da minha própria casa. Ontem pude dormir uma boa sesta aproveitando a ausência momentânea do zumbido; à noite, descobri no quarto uma zona misteriosa onde as ondas vibratórias se anulavam entre si, criando um buraco de silêncio, ou silêncio relativo, mas dentro do qual se podia dormir. Pressinto que a luta não será tão breve quanto parecia; ainda que a UTE tenha anunciado que o problema se resolverá definitivamente "hoje ou amanhã", retirando a máquina estragada, isso já foi dito outras vezes e não se cumpriu. É possível que precisemos entrar na justiça. Veremos. Outro fator de margeação, a empregada, foi muito suavizado com a mudança por outra empregada, cuja presença não irradia agressividade e, pelo contrário, mostra vontade de colaborar. De todo modo, uma casa com serviçais é uma "casa tomada", ou pelo menos com zonas alternantes de ocupação. Se pudéssemos acrescentar alguns ajustes elementais (maior volume de água, portas sem dificuldades de serem fechadas etc.) à presença não agressiva da empregada, o problema da margeação se tornaria mais tolerável. Ficaria a presença de Ignacio, de invasora curiosidade. Nesse caso, o trabalho educativo deve ser intenso e urgente. Também há o problema de Alicia e seus horários imprevisíveis; mas não acho que isso tenha conserto, e minha margeação persistirá, em última instância, sustentada por ela, embora todo o resto se solucione com felicidade. De todos os modos, há esperanças de poder começar a trabalhar de novo, em um futuro que já não parece tão distante ou inacessível.

7 DE ABRIL

AVISO: Este exercício caligráfico contém cenas que podem ferir a sensibilidade do leitor.

Trata-se do cão Pongo. Falei várias vezes que deveríamos nos livrar dele, não por razões afetivas, e sim por motivos perfeitamente lógicos e de senso comum. Hoje aconteceu algo que joga lenha na fogueira dos meus argumentos. Fiquei com ele lá fora, nos fundos, por um bom tempo, brincando com uma bolinha de pingue-pongue (que o cão Pongo acabou de arruinar por completo), e inclusive tivemos uma das habituais sessões de mimos e palavras carinhosas. Então, o cão Pongo foi até um lugar muito próximo da sua guarida entre as hortênsias e, quando me aproximei para olhar, comprovei, horrorizado, que havia ali um pequeno pedaço de carne podre, enterrada provavelmente por ele mesmo dias atrás. Pouco antes eu tinha encontrado no jardim um grande pedaço de carne coberta de terra, mas não estava podre, talvez por se tratar, na sua maior parte, de gordura, e, depois de desenterrá-la, Pongo não havia demonstrado o menor interesse por ela. Mas, quando cheguei ao seu lado agora, ele tinha colocado esse novo pedaço em um lugar apropriado, amplo, e começou a se deitar sobre as costas, como costuma fazer, desta vez calculando que o pedaço de carne podre ficaria mais ou menos abaixo do pescoço. Dei um gritinho que ele reconhece como proibitório e parou a manobra; ao me aproximar, vi que pelo chão se arrastavam dois ou três vermes pequenos, brancos, cônicos (com forma de um cone truncado, como os que encontrei uma vez na tampa de uma garrafa vazia de cera para piso, mas estes eram muito maiores e gordos). Logo descobri que o pedaço de carne desenterrado estava repleto desses vermes nojentos.

(SEGUNDA FOLHA)

O cão Pongo ficou alerta, vigiando o pedaço de carne, e rosnou quando fui recolhê-lo com a pá e o atiçador da lareira, e inclusive chegou a pegá-lo entre os dentes para levá-lo a um lugar seguro. Eu o repreendi severamente, e então ele soltou a carne e se afastou uns metros, deixando-me agir, ainda que me vigiando com muita atenção. Levei à lareira o pedaço de carne, e aquele outro de gordura que tinha encontrado; joguei álcool em ambos e toquei fogo, um fogo que depois enriqueci com folhas de jornal e galhinhos, e depois com um par de troncos. Sentindo o cheiro de carne podre, verme e gordura meio assados, começaram a chegar velozmente moscas e varejeiras, que inclusive se enfiavam dentro da lareira e voavam em busca da fonte do aroma (ainda que sem se aproximar do fogo, como eu gostaria).

Foi difícil manter um fogo apropriado para carbonizar a carne, e tive de voltar a jogar álcool algumas vezes, até que, depois de um tempo, fiquei com a impressão de ter cumprido o objetivo de carbonização, e as moscas desapareceram, ainda que o fedor nauseabundo — o mesmo fedor nauseabundo característico do cachorro Pongo quando está cheirando mal — tenha ficado um bom tempo incrustrado no meu nariz, inclusive durante uma saída à rua para buscar um café.

Enquanto isso, eu não parava de me perguntar os motivos pelos quais o cão Pongo fez essa porquice, se teria uma função medicinal (para melhorar a qualidade do pelo, combater os parasitas etc.) ou apenas cosmética, ou seja, uma espécie de perfume para atrair seres do sexo oposto de gosto olfativo duvidoso.

Também descobri que no setor das hortênsias há um cheiro similar permanente, e suponho que o cão Pongo esteja criando uma espécie de cemitério privado nos fundos, onde já enterrou muita carne em diferentes lugares. É PRECISO SE LIVRAR DELE AGORA MESMO.

9 DE ABRIL

Ao que parece, estamos nos aproximando da parte final desse pesadelo, e dentro de uns dias poderei ir recomeçando, pouco a pouco, minha vida "normal" (deixo isso entre aspas, pois bem sei que, graças a Deus, minha vida nunca foi normal). Não quero ser excessivamente otimista, mas as últimas notícias quanto ao zumbido são alentadoras. É possível que amanhã o problema esteja liquidado. (Neste momento, como se alguém estivesse observando o que escrevo, para me zombar e me machucar onde mais dói, o zumbido recomeçou a todo pique.) (Trato de manter a calma, mas o ouvido esquerdo já dói por causa da vibração atroz de ontem e de hoje de manhã.) Melhor terminar rapidamente e sem maiores pretensões de prolixidade este exercício de hoje e fugir velozmente até alguma parte da casa que esteja menos afetada.

Por outro lado, já foram contratadas e estão em andamento todas as reformas (ou, ao menos, as mais importantes) para a adequação da garagem como um lugar para mim, e há algumas datas precisas para suas respectivas realizações. Levando em conta possíveis inconvenientes ou o descumprimento de prazos por parte dos pedreiros, de todos os modos, minha instalação não passará — espero — da metade da próxima semana. Enquanto isso, tenho um trabalho urgente a fazer (a correção de *Fauna* para a

editora belga) e isso não pode ser postergado, de maneira que
tentarei começar agora mesmo — apesar de tudo.

24 DE AGOSTO

Tenta-se de novo — como no mito de Sísifo — retomar os hábitos saudáveis; entre eles, este de caligrafia. Também hoje dei uma volta pelo porto, no meu antigo passeio de costume que, como todo o resto, tinha sido abandonado. A ideia dominante geral agora é forçar um pouco (o possível) a realização dessas ações positivas para que possam se instalar como hábitos e ir substituindo as outras. Eis aqui uma breve lista dos hábitos negativos que quero substituir: 1) fumar em excesso; 2) o Valium; 3) ver filmes demais no videocassete; 4) jogar nas maquininhas eletrônicas; 5) o excesso de leitura, em especial de madrugada.

Para dissimular, atenuar ou apagar esses hábitos negativos, me proponho a: 1) retomar estes exercícios; 2) retomar os passeios a pé; 3) insistir na difícil autoimposição de uns minutos diários de relaxamento ou meditação; 4) recomeçar a ginástica diária; 5) ficar mais tempo na minha garagem-escritório, com ou sem música, trabalhando ou não; 6) voltar a jogar pingue-pongue com Juan Ignacio.

Vejo que minha letra ficou bastante feia. Entre meus bons propósitos devo incluir, então: 7) fazer estes exercícios com calma e verdadeira dedicação (por mais que, neste momento, eu note que minha mão se tornou incontrolável).

Como imaginava, Alicia veio me interromper antes do combinado, de modo que não posso terminar em paz esta folha. Devo dedicar um esforço especial à eliminação das interrupções indevidas; consegui algo nesse sentido, pelo fato de desligar o toque do telefone do dormitório e da garagem. Mas devo criar nos demais habitantes da casa um senso de respeito à minha privacidade, minha intimidade e minha necessidade de concentração.

27 DE AGOSTO

Hoje tento controlar a ansiedade e alcançar uma letra grande e clara. De modo que vou devagar e procuro não me deixar dominar pela torrente de pensamentos que buscam expressar algo, não porque ache que não devo expressar algo, e sim para não me deixar levar por essa torrente (por exemplo, ao escrever a palavra "torrente", houve uma aceleração ansiosa, e os "r" não ficaram bons. Torrente. Torrente). (Quando uma pessoa escreve um "r" já parece suficiente, e se apressa a escrever o outro como se o segundo "r" fosse um luxo que só serve para perder tempo e ritmo de escrita.) Mas, em geral, estou bastante satisfeito com a maneira como meu exercício de hoje progride; minha letra tinha ficado tão pequena e confusa que, no meu foro íntimo, já me desesperava querendo recuperar em algum momento uma letra legível, essa letra legível que havia conseguido com semanas e meses de exercícios mais ou menos diários. No entanto, comprovo com júbilo que bastou o exercício de anteontem para tomar consciência dos vícios de escrita, e nestas horas que passaram, fui maturando inconscientemente este meu progresso de hoje. Não me digam que o que estou escrevendo não é perfeitamente legível, ainda que falte bastante para que se possa falar de "caligrafia". Ainda assim, isso não é um objetivo desejável; basta que minha letra seja comodamente legível para os demais e para mim mesmo, sem necessidade de alcançar níveis de beleza ou perfeição. Como diz o ditado francês: *"Le meilleur c'est l'ennemi du bon"*, que M. V. me inculcara; mas ainda há muitos traços que seria bom melhorar, e também devo conseguir ter velocidade de escrita sem perder a qualidade.

28 DE AGOSTO

Insisto em tentar manter estes exercícios no nível superficial, tirando o valor deles agora como meio de expressão das coisas que sinto, penso ou que me acontecem. O prioritário, compreendo, é a letra, o desenho da letra, antes de passar a outras etapas. Porque a letra se desenha com uma mão que deve ficar, de início, segura, e depois, solta e veloz. A segurança provém da certeza; ou seja, não se pode vacilar diante da preocupação com a forma da letra. Esta, a letra, assim como a forma de ligar uma letra com outra, deve responder a um padrão único, prefixado e não improvisado. Por exemplo, sei que é difícil para mim desenhar os "r" por causa de hábitos contraídos durante anos traçando-os mal, sem todos os elementos que permitem identificá-los à primeira vista; meus "r" são mais bem deduzidos a partir do lugar que ocupam na palavra (observe esse "r" malformado na palavra "palavra").

De modo que um exercício especialmente adequado para essa etapa é a escrita deliberada de palavras com "r". Erre com erre, guitarra, erre com erre, barril (não lembro o que vem a seguir), as rodas nos trilhos ferroviários. Erre com erre, guitarra, erre com erre, barril. Mas fico entediado se repito sempre o mesmo, de modo que devo buscar outras palavras com "r" além desse versinho bobo. Por exemplo, rododendro, remador, rodoviária, armar, parricida, reverberar, ranhura, *perramus* (repito: perramus). (Não sei por que me sai tão mal essa palavra, perramus, ~~perr~~ perramus, agora sim, perramus, perramus.) Catraca, prorrogar, prorrogar, porretear, porretear, porretear. Recorrido. Recorrido, recorrido, recorrer, recorrer, recorrer, recorrer, recorrer. Não fico satisfeito.

29 DE AGOSTO

Afrouxar a mão e ~~desenhar des~~ desenhar amorosamente cada letra; essa é a tarefa de hoje. Notei que costumo escrever com tensão nos músculos do braço e da mão, de tal modo que se escrevesse um pouco mais da folha do que escrevo nestes exercícios, chegaria facilmente a ter a chamada "câimbra dos escritores". Ainda que afrouxar esses músculos suponha um retrocesso na qualidade dos resultados, acho que é preciso passar por essa etapa, pois os resultados que estava obtendo, ainda que chamativos, partiam de um foco incorreto no problema. Então, esse aspecto aparentemente mais desleixado e descuidado que hoje minha escrita apresenta se deve à intenção deliberada de mudar a forma de trabalho, o que é bastante difícil de conseguir, pois implica manter a atenção firmemente repartida entre o estado de tensão dos músculos (eles se afrouxam; quando me distraio, se tensionam etc.) e o ~~desenho dese~~ desenho propriamente dito das letras. É difícil, muito difícil, mas acho que é um bom caminho. Por outro lado, prestar atenção à tensão muscular é um bom treinamento para meu propósito de relaxar como hábito diário, coisa que sempre postergo e que não devo continuar adiando, pois é essencial para a saúde, pelo menos a minha. De acordo com minha teoria, o ~~rel~~ relaxamento ~~promove~~ promove a produção de endorfinas, um elemento que, entre outras coisas, ajuda a fumar menos e poderia servir para deixar de fumar (outra meta adiada por tempo demais).

30 DE AGOSTO

Continuo, então, com minha prática nova, de mão e braço com os músculos frouxos. Vejamos se nessas condições é possível obter uma letra razoável. Parece que sim. O segredo está em um afrouxamento seletivo dos músculos, de maneira que só trabalhem aqueles que precisam agir, de modo imprescindível, para segurar a caneta, enquanto todo o resto (do braço, da mão, mas também do corpo) permanece o mais frouxo possível. Sei que é difícil. Mas dá para conseguir. Agora devo interromper um momento, pois o cão Pongo late lá fora e espera que abram a porta para ele (outra aquisição da mudança; meu cargo de porteiro, já que aqui não há tela de arame com buraco para que entre e saia à vontade).

Já voltei. É difícil afrouxar os músculos, ainda mais quando acabo de dar um tapa no cachorro — que tem o costume de esperar que a pessoa vá abrir a porta para, em vez de entrar, sair latindo furiosamente para as pessoas que passam pela rua, como se valesse da presença protetora da pessoa, que fica feito uma idiota, com a porta aberta, esperando que o senhor cão decida que já latiu o suficiente e volte. Ele já sabe que esse seu comportamento gera muitos tapas, e entra de forma rápida e nervosa, tentando ser mais rápido que meus passos; às vezes consegue escapar, mas hoje não.

Essa história desviou minha atenção dos músculos e do ~~desenho des~~ desenho cuidadoso das letras; não devo ficar apaixonado pelo desejo de narrar, e sim dar prioridade ao que constitui a razão de ser destes exercícios. Pelo menos hoje consegui afrouxar bastante os músculos e dar início à percepção discriminada de quais devem relaxar e quais não.

5 DE SETEMBRO

Tenho uma boa desculpa para o fato de ter abandonado por uns dias estes exercícios (na sua atraente e promissória nova modalidade relaxada), já que devia preparar com urgência a estrutura de um livro de contos — mas estou me distraindo do desenho correto das letras.

Preparar esse livro de contos, como ia dizendo, significou um trabalho absorvente e quase angustiante de seleção de materiais, alguns perdidos havia anos em envelopes que contêm outras coisas, de tomada de decisões (este sim, este não; prefiro esta versão etc.), de busca por dados de publicações anteriores (se houve), de cópias da forma final que dei a alguns textos etc.: tudo isso em um prazo mínimo, algo como três dias. Mas me distraí outra vez do traçado da letra.

Agora devo prestar atenção cuidadosa à letra — por favor: a cada uma das letras — e ao mesmo tempo atender aos músculos que devo tensionar e aos que devo afrouxar. Como é impossível para mim cuidar simultaneamente de tudo, devo conseguir só uma atenção oscilante ~~entre~~ entre uma coisa e outra — até que um dia, creio, as ações se tornem automáticas (ou seja, a letra uniforme e o ~~relaxamento~~ relaxamento seletivo). Enquanto isso, trata-se de praticar e praticar, e embora eu não possa ~~fazer~~ fazer mais que minha habitual folha diária, que esta pelo menos seja diária, sem saltar nenhum dia, como costumo ~~fazer~~ fazer diante da exigência das coisas externas que muitas vezes se apresentam como urgentes e imprescindíveis, e que, é claro, raras vezes o são. Por hoje, já é o suficiente; mas voltarei.

6 DE SETEMBRO

Neste momento, teria de estar almoçando, mas considero estes exercícios de relaxamento e letra cuidadosa algo de importância vital para minha saúde psicossomática, de modo que, como mais tarde me verei enredado, como sempre, em uma cadeia de acontecimentos alheios a mim e não terei uns minutos com a calma imprescindível/imprescindível (repito a palavra porque notei que nas palavras longas tendo a me apressar e a descuidar da qualidade do traçado das letras); calma imprescindível, eu dizia (e volto a escrever: imprescindível) para a imensa concentração mental exigida por este tipo de ~~exerc~~ exercícios, resolvi dar prioridade a esta ocupação e postergar, não sem sacrifício, meu almoço. F F Foi uma frase longa e complexa, a que terminei de escrever. Noto, contente, que hoje está mais fácil de manter um certo relaxamento dos músculos da mão e do braço que não devem agir enquanto estou escrevendo e que, ao mesmo tempo, minha letra está bastante uniforme (em ~~relação~~ relação aos dias anteriores, quando eu acabava de começar essa nova modalidade). Agora devo estender o relaxamento — pouco a pouco — para o resto do ~~corpo corpo~~ corpo, o que não vai ser fácil.

7 DE SETEMBRO

Concentração. Relaxamento. Atenção ao traço das letras e atenção aos músculos. Devem trabalhar apenas aqueles indispensáveis para segurar a caneta e ~~dirigir~~ dirigi-la no traço, ou seja, os músculos do polegar, indicador e médio da mão direita, do punho (que afetam, pelo visto, o mindinho) e do antebraço, que deve deslizar lentamente sobre a superfície da mesa. Os bíceps também fazem ~~alg~~ algum trabalho (eu os sinto), mas não sei até que ponto devem realizá-lo, ou se é só uma contração indevida. O resto dos músculos do corpo deveria estar frouxo, mas não está. Isso se chama tensão, e isso é o que devo procurar corrigir, enquanto a mão ~~vai~~ vai se automatizando na sua ação repousada. Já faz muitos anos que não consigo relaxar, pelo menos não com a profundidade que deveria.

Continuo depois de uma interrupção (algo nada infrequente nesta casa) (e uma das razões pelas quais não consigo relaxar com profundidade). Agora, outra interrupção. Viver nesta casa não é exatamente como viver em um convento junto aos monges que fizeram voto de silêncio.

A situação, ainda assim, não é tão grave quanto em outras ocasiões anteriores, por exemplo, a fase que vivi faz uns dez anos; é mais grave, sim, no que se refere aos fatores internos que me impedem de relaxar. É verdade que confio nestes exercícios, pelo menos como ponto de partida. Hoje consegui prestar atenção a <u>ambos</u> os braços enquanto escrevia, ainda que note que o traçado da letra se enfraqueceu.

8 DE SETEMBRO

E, apesar de ser domingo, eis-me aqui de pé, firme na manutenção da continuidade destes relaxados (no bom sentido da palavra) exercícios. Vigio a tensão muscular dos dedos da mão; trato de sentir que só os músculos que devem trabalhar estão em ação. Quanto ao braço, sigo tendo problemas com a contração indevida do (ou dos) bíceps, que, por alguma razão, parece ligado ao dedo médio (talvez esteja; deveria perguntar a Alicia se ela se lembra das ligações correspondentes).

Mas, por vigiar os ~~músculos~~ músculos, me descuidei da letra. Também desvia minha atenção a lembrança de uma descoberta surpreendente que tive ontem à tarde, durante a sesta: descobri que me desagrada profundamente o estado de relaxamento —— em especial quando vem acompanhado de uma notável paz mental.

Essa descoberta me deixou perplexo e preocupado, já que conscientemente busco o ~~rel~~ relaxamento e a paz mental, e me pergunto por que não consigo obtê-los. A resposta prática e evidente que ~~receb~~ recebi ontem é: não consigo porque não quero.

Depois cheguei à conclusão de que as experiências dos últimos anos (Buenos Aires, a vida em família) substituíram o vício que eu tinha em endorfinas (coisa que consegui com trabalho e ajuda) por um vício em adrenalina; e minha orientação em direção às ondas alfa se virou para as ondas beta. Tudo isso é preocupante, mas não dá para se desesperar e, como diz Alicia, é preciso buscar o ponto intermediário, o equilíbrio. Devo buscar criar um espaço — uma orientação — ainda que em grau menor, em direção às endorfinas (em especial porque estas podem ir substituindo a necessidade de nicotina). Ampliaremos.

19 DE SETEMBRO

Reconheço que mais uma vez abandonei estes ~~exercícios~~ exercícios por muitos dias, nos quais fiquei muito ansioso e doido. Também estou ansioso e doido hoje, mas com muita boa vontade para pôr minhas coisas em ordem, e considero que a retomada destes exercícios seja sempre o primeiro passo rumo à saúde psicofísica, embora seja evidente que só os exercícios não bastam, é preciso ter força de vontade em muitos outros aspectos da vida. Tratarei de fazer isso, tapando os ouvidos com cera para não escutar o canto das sereias que buscam me desviar do caminho reto (na ~~verdade~~ verdade, já tenho os ouvidos bastante tapados com cera em forma natural, como costuma me acontecer a cada dois invernos).

Devo dizer que fico admirado com a qualidade da letra nesta folha. Estava esperando uma letra muito menor e irregular. Esta letra de hoje é bastante legível, o que estranho profundamente. Também devo dizer que não estou tentando relaxar os músculos que não devem ficar tensos durante o ato de escrever, mas não esqueci desse propósito. ~~Rogo~~ Rogo a Deus que me dê a força e a razão necessárias para continuar aplicando diariamente minha vontade para me disciplinar em todos os aspectos. Tchau.

20 DE SETEMBRO

Espero, ainda que sem maiores esperanças, não sofrer interrupções durante este exercício. Começo me acomodando melhor no assento, apoio comodamente os pés no chão, e o ~~braço braço~~ braço esquerdo sobre a escrivaninha, tentando afrouxá-lo até o ombro. Agora centro minha atenção na mão direita, buscando sentir os músculos que devem trabalhar e afrouxar os outros, no punho, e agora no resto do braço, também a partir do ~~ombro~~ ombro. Vejamos agora a letra: devo frear o ritmo da escrita, acelerada demais, e reunir a paciência necessária para ir desenhando na medida do possível cada ~~letra~~ letra corretamente. É difícil escrever com maior lentidão, mas

*

O asterisco indica que, efetivamente, fui interrompido (já ~~faz~~ faz algumas horas), de modo que agora não acho (~~são quase u~~ é quase uma da madrugada) que possa retomar o exercício com a mesma vontade com que comecei. Pelo menos, agora buscarei retomar a parte caligráfica, ignorando o relaxamento muscular; agora freio ———— vou freando —— o ritmo da escrita e começo a pensar em cada uma das letras. Ignoro também, na medida do possível, a coerência do discurso. Penso em cada uma das letras — embora isso não seja verdade; talvez esteja indo rápido demais, rápido demais, talvez porque note que a folha está chegando ao fim, e a pessoa tende a se apressar como se assim pudesse aumentar a quantidade de palavras que cabem em uma folha. Amanhã será outro dia.

22 DE SETEMBRO

Ao pôr a data que encabeça esta folha de exercícios (são 15h08, e menos de doze horas se passaram desde o exercício de ontem), ao pôr a data, como dizia, descobri muitas coisas a respeito do meu comportamento de ontem à noite e meu desassossego de hoje; hoje é aniversário da minha mãe, morta há ~~cinco~~ cinco semanas. Hoje é domingo; no sábado passado, estive com Alicia no cemitério, recordando o primeiro mês de falecimento. Não estou acostumado a fazer essas coisas, mas esse é um caso especial, primeiro porque a mãe de uma pessoa é sempre alguém muito especial, mas também nessa ~~morte~~ morte há razões reais, e não apenas fantasias subconscientes, para que se abrigue em mim um sentimento de culpa difícil de superar. Também, de maneira insólita, tive de recorrer à confissão perante um ~~padre~~ padre. É verdade que, como o padre me fez perceber, esse meu sentimento de culpa é exagerado e baseado na hipótese não comprovável a respeito do como poderiam ter sido as coisas se eu tivesse feito tais outras coisas. Também é verdade que eu fui "construído" para ser muito sensível à culpa, e que essa construção foi dirigida precisamente pela minha mãe. Seja como for, continuo tendo um mal-estar que busquei evitar vendo filmes em quantidades exageradas e me evadindo de mim mesmo por vários outros meios, evasões que se enraizaram durante os meses de sofrimento intenso da minha mãe e que continuaram vigentes depois da sua morte. Acho que já é hora de começar a voltar a mim mesmo, de desfazer o caminho da ~~evasão~~ evasão, de crer que, se a culpa é real, ela já foi perdoada pela minha mãe e por Deus, pois todo mundo sabe que a culpa não gera nada de bom, e que o ~~arrependimento~~ arrependimento consiste justamente em "não voltar a pecar", ou seja, não voltar sem parar a um fato passado impossível de modificar, mas regressar à vida normal e gerar coisas positivas para si mesmo e para os demais, em vez de oferecer esse aspecto horrível de pessoa doente. De modo que, neste septuagésimo oitavo aniversário, a homenagem que devo à minha mãe é a da minha saúde.

Epílogo

O discurso vazio

22 DE SETEMBRO

Quando se atinge certa idade, a pessoa deixa de ser protagonista das suas ações: tudo se transformou em puras consequências de ações anteriores. O que ela semeou foi crescendo de forma sub-reptícia e de repente estoura em uma espécie de selva que a cerca por todos os lados, e os dias viram nada mais que abrir a golpes de facão um caminho, e só para não ser asfixiado na selva; de repente, descobre-se que a ideia de achar uma saída é totalmente ilusória, porque a selva se estende com mais rapidez que nosso trabalho de poda, e acima de tudo porque a própria ideia de "saída" é incorreta: não podemos sair porque, ao mesmo tempo, não queremos sair, e não queremos sair porque sabemos que não temos para onde sair, porque a selva é a própria pessoa, e uma saída implicaria alguma espécie de morte ou simplesmente a morte. E se houve um tempo em que se podia morrer certa espécie de morte de aparência inofensiva, hoje sabemos que aquelas mortes eram as sementes que semeamos nessa selva que hoje somos.

Ainda assim, hoje vi, no pôr do sol, o reflexo de uns raios avermelhados de sol em uns ladrilhos de cerâmica envernizada, e me dei conta de que ainda estou vivo, no verdadeiro sentido da palavra, e de que ainda posso chegar a me situar em mim mesmo: tudo é questão de encontrar certo ponto justo, mediante certa cambalhota espiritual; não posso evitar o emaranhado de consequências, não posso fingir ser o protagonista, mais uma vez, das minhas ações, mas é possível, sim, me resgatar dentro dessas novas pautas, aprender a viver outra vez, de outra maneira. Há uma forma de se deixar levar para poder se encontrar no momento certo, no lugar certo, e esse "se deixar levar" é a maneira de ser o protagonista das próprias ações — quando uma pessoa chegou a certa idade.

Dias atrás, sonhei com um grupo de padres que estavam vestidos cada um com uma batina de cor diferente; recordo, em particular, de um deles, cuja batina era de um violeta muito vívido. Eles adotavam certas posições e certas combinações nas posições do grupo e eu entendia que dessa forma estavam expressando o segredo da Alquimia.

Colônia, novembro de 1991
Colônia, maio de 1993

ESTA OBRA FOI COMPOSTA PELO ESTÚDIO O.L.M./ FLAVIO PERALTA EM ELECTRA
E IMPRESSA EM OFSETE PELA GRÁFICA PAYM SOBRE PAPEL PÓLEN BOLD
DA SUZANO S.A. PARA A EDITORA SCHWARCZ EM MAIO DE 2025

A marca FSC® é a garantia de que a madeira utilizada na fabricação do papel deste livro provém de florestas que foram gerenciadas de maneira ambientalmente correta, socialmente justa e economicamente viável, além de outras fontes de origem controlada.